KAWABATA YASUNARI

一頁

始于一页，抵达世界

[日] 川端康成 著

湖

陈德文 译

广西师范大学出版社
·桂林·

图书在版编目（CIP）数据

湖 /（日）川端康成著；陈德文译 .——桂林：广西师范大学出版社，2023.3
ISBN 978-7-5598-5756-9

Ⅰ. ①湖⋯　Ⅱ. ①川⋯　②陈⋯　Ⅲ. ①中篇小说 – 日本 – 现代　Ⅳ. ①I313.45

中国国家版本馆CIP数据核字（2023）第002205号

HU
湖

作　　者：（日）川端康成
译　　者：陈德文
责任编辑：彭　琳
特约编辑：王子豪　徐　露　徐子淇
装帧设计：汐　和　at compus studio
内文制作：陆　靓

广西师范大学出版社出版发行

　广西桂林市五里店路9号　邮政编码：541004
　网址：www.bbtpress.com
出版人：黄轩庄
全国新华书店经销
发行热线：010-64284815
北京华联印刷有限公司印刷
开本：889mm × 1260mm　1/64
印张：6　　　　　　字数：145千字
2023年3月第1版　　2023年3月第1次印刷
ISBN 978-7-5598-5756-9
定价：43.00元

版权所有，侵权必究
如发现印装质量问题，影响阅读，请与出版发行部门联系调换。

目录

湖

1

湖 × 睡美人

其一 179
其二 211
其三 246
其四 269
其五 286

《睡美人》解读　　317

一只手臂

一只手臂　　323

论川端先生的《一只手臂》　　363

译后记　　369

湖

一

轻井泽，虽说是夏末，其实像秋初，桃井银平出现在了这里。他先买了一条法兰绒裤子，换下旧裤子，又买了新衬衫，外头套上一件新毛衣。夜寒雾浓，他还买了藏青色雨衣。该有的衣服都置办齐了，轻井泽还算便利。鞋子也很合脚，旧的脱在鞋店里扔了。但是，这包袱皮里的一包旧衣服怎么处理？要是丢在空荡荡的别墅里，来年夏天才会被人发现。银平拐进小路，伸手摸摸空置的别墅的窗户，门板被钉死了。砸毁吗？眼下他有些害怕，那可是犯罪啊

银平究竟是不是一名被追捕的逃犯，他自己也弄不清楚。自己的罪行也午尚未被受害者起诉。银平将包袱扔进后门口的垃圾箱里，心中轻松多

了。不知是避暑客的懒散,还是别墅管理者的疏忽,垃圾箱没有清扫,包袱往里塞时,里面发出湿纸的响声。箱盖被包袱撑得稍稍鼓起来了。银平没有注意。

走了三十多步远,银平回头瞧了瞧,他看到了幻影:从那只垃圾箱周围飞起一群银色的蛾子,上升到雾气中去了。银平停住脚步,他想将包袱取回来,但又发现那银色的幻影,罩在头顶的落叶松上,映出一团蒙蒙的青雾,又消失了。落叶松像行道树似的连绵不断,树木深处有装饰着彩灯的拱门。那里是土耳其蒸汽浴澡堂[1]。

银平走进庭院,伸手摸摸头,发型似乎还很整齐。银平有一手用刮胡刀刀片为自己理发的妙招,经常让人啧啧称奇。

被称作"土耳其女郎"的浴女,陪同银平进入浴室。浴女从里面一关上门扉,就脱掉白色的罩衣,腹部以上只襻着一副乳罩。

---

[1] 原文为"トルコ風呂",本书中描写的是"二战"后日本带有风俗业性质的蒸气浴场。

那位浴女为他解开雨衣的扣子。银平突然缩了一下身子,随后就任她摆布。浴女跪在他腿边,给他脱去袜子。

银平进入香水浴池,瓷砖的颜色映照着池水,呈现出莹绿色。香水的气味不很好闻,但对于在信浓地区辗转于廉价旅馆、东躲西藏徒步走到这里的银平来说,却能从中闻到花的馨香。他出了香水浴池,浴女立即为他冲干净身子。那姑娘蹲在他的脚边,伸出纤纤玉手,连脚趾缝都为他洗得干干净净。银平俯视着浴女的头颅,她的头发像昔时女子浣洗过那般,自然地披散于脑后,脖颈以下的发梢都剪掉了。

"给您洗洗头吧。"

"哦,能给我洗头吗?"

"请……我给您洗头。"

银平刚刚用刮胡刀刀片剃过头发,由于好久没有洗头,可能会有些难闻。银平立即害怕起来。然而,他两肘抵着膝盖,向前伸着脑袋,当肥皂泡沫涂满头发的时候,他就不再感到畏惧了。

"你的声音很好听啊。"

"声音……?"

"是的。听到之后,一直留在耳畔,不想使它消失。那优美的声音,仿佛来自耳廓深处,悄悄浸满整个脑袋,不论什么样的恶人,听到你的声音,都会变得亲切起来……"

"是吗?是娇滴滴的声音吧?"

"不是什么娇滴滴的声音。虽说带着一种莫名的甜润……但又像笼罩着哀愁,满含着情爱,听起来爽朗又美妙。然而又不同于唱歌的嗓音。你在谈恋爱吗?"

"不是,哪会有那样的好事……"

"等等……你说话时,不要使劲儿揉我的头……那样就听不见你的声音了。"

浴女歇一歇手指,有些为难地说:

"太难为情了。我都不敢说话啦。"

"有人说话像天女的声音,哪怕从电话里听到一两个词,余韵也久久难忘。"

银平热泪盈眶,他从这位浴女的声音里感受

到清净的幸福和温暖的救赎。这是永恒的女性的声音，还是慈悲的母亲的声音？

"你的家乡是哪里……？"

浴女没有回答。

"天国吗？"

"啊呀，是新潟。"

"新潟……新潟市？"

"不是，是个小镇。"

浴女的声音变小了，微微颤动着。

"生长在雪国，想必身子也很漂亮吧？"

"不漂亮呢。"

"不但身子漂亮，我从没听见过这般优美的声音。"

浴女为银平洗完头，又用小木桶里的热水反复冲了几次，再用大毛巾把他的脑袋包裹起来，揉搓一番，梳理整齐。

银平腰间裹着大毛巾，被领进蒸汽浴盆，其实就是悄悄被推入一只正面开着盖子的四方形大木箱里。木箱子上面开了洞，那是供脑袋伸出来的地方。脑袋卡在正中央之后，浴女又将盖子盖好，将银平脖颈周围的缝隙堵严实。

"断头台。"银平不由嘀咕了一声。他睁大眼睛，战战兢兢，左右转动着被卡在窟窿里的脖子，环视着周围。

"经常有客人这么说啊。"浴女没有注意到他的胆怯。银平望着入口的门扉，目光停留在窗户上。

"要关窗吗？"浴女向窗边走去。

"不。"

蒸汽浴盆里笼罩着热气，所以敞开了窗户。浴室的电灯照在外面榆树的绿叶上。榆树很大，光线射不到繁密叶丛的内部。银平似乎听到从晦暗的叶荫里，微微传来钢琴声。那琴声不成曲调，无疑是一种幻听。

"窗外是院子吧？"

"是的。"

夜色微明的绿叶窗前，站着一位肤色白皙的裸体姑娘，这似乎是个让银平难以相信的世界。

浅桃色的瓷砖上,姑娘赤足而立。看起来,一双多么年轻的脚,而膝盖后的腿窝却蓄着一圈阴影。

银平心想,假若这座浴室里只有他一个人,挎子卡在盖板的洞眼里,肯定很难平静地坐着。他坐在像椅子似的物体上,热气从腰下涌上来。背后似乎也是一块发热的木板,他靠了上去。箱子的四面都很热,蒸汽或许升上来了。

"要在里头待几分钟?"

"按各人所好,不过一般就是十分钟光景……习惯后可以在里头待上一刻钟。"

门口的衣橱上放着一只小座钟。一看时间,才过了四五分钟。浴女用毛巾蘸水拧干后贴在银平的额头上。

"啊呀,泡晕了。"

从木板箱里只伸出个脑袋,一脸认真的表情,想必很滑稽吧。银平想象着,抚摸着自己温热的胸脯和腹部。只觉得湿漉漉的,不知道是汗还是蒸汽。银平闭上了眼睛。

浴女在客人洗蒸汽浴期间，似乎腾出了手，便从香水浴池里打热水冲刷浴场。随之，那里传来哗哗的流水声。银平听来，那响声就像波涛扑打山岩。岩石上站着两只海鸥，双羽怒张，伸出长喙，互相叼啄。故乡的海洋浮现于脑际。

"几分钟了？"

"七分钟左右。"

浴女又将手巾蘸水拧干，放在银平的额头上。银平感到一阵清凉，冷不丁向前伸了伸脖子。

"啊，好疼！"他清醒了。

"您怎么啦？"

浴女或许以为热气使得银平头脑发晕，随手捡起掉落的手巾重新贴在银平的额头上，用手按了按。

"您想出来吗？"

"不，没什么。"

银平沉浸在跟踪这位嗓音优美的女子的幻觉之中。那里是东京某地的电车轨道，人行道边的林荫路上，银杏树的姿影留在脑海。银平大汗淋潺,他想起自己的脖子嵌在洞眼里,身子也无法转动,于是只好歪斜着脸。

浴女离开银平身旁。她看到银平的样子,似乎感到有些不安。

"如此只露出脑袋,你看我多大年纪?"银平问道。浴女不知如何回答。

"我可猜不出男人的年龄。"

浴女并不十分在意他的脑袋,银平也寻不到机会告诉她自己三十四岁。他想,浴女也许二十岁光景。看肩膀、小腹以及腿脚,一定是处女无疑。虽说两颊不搽胭脂,但也显出青春的红润。

"我该出去了。"

银平发出哀求的声音。浴女打开银平喉咙前的木板,两手拽住他脖子上的毛巾的两端,小心翼翼地把银平拖了出来,然后给他擦去浑身的汗水。银平腰间裹着一条大浴巾,浴女在墙根前的躺椅上铺好白布单,让银平趴在上面,从肩头开始为他按摩。

按摩不仅要揉搓抚摸,还要用手掌噼噼啪啪

地拍打。银平直到今日才知道这些。浴女的手掌虽说是少女的手掌,不想竟如此有力,连续打在背上,使得银平喘不过气来。他不由联想起自己幼小的孩子,用他那圆乎乎的小手用力打父亲额头的情景。当银平低下头,孩子就继续打他的脑袋。这是何时的幻影呢?如今这个幼儿的手却在墓中疯狂拍打蒙盖上来的土壁。牢狱般的暗黑土壁从四方八面直向银平压挤过来。他出了一身冷汗。

"是在涂什么香粉吗?"银平问。

"是的,您觉得不舒服吗?"

"不。"银平慌忙应道,"我还在出冷汗呢……假若有人听到你的声音感到不舒服,那么他眼看着就要犯下罪行了。"

浴女突然停住了手。

"在我听来,除了你的声音,其他一切都消失了。其他尽皆失去,那也是危险的。可是,声音既不可抓住,又不可追及,宛若不停流逝的时光或生命。不,不是这样的啊。不论何时,你都能发出优美的声音。然而，要是你如此沉默不语，无论是谁，都没办法让你发出优美的声音来。即使你被迫发出震惊的声音、愤怒的声音或者哭泣的声音，皆非出于自然。你用不用自然的声音说话，那是你的自由。"

浴女凭借她的自由沉默着，她从银平的腰间向大腿后面揉搓着，再从脚心揉搓到足趾。

"请仰面躺着……"浴女说道，声音低得几乎听不见。

"啊？"

"这回请翻过身来向上躺着……"

"向上……？是仰面躺着啊。"银平按住腰间裹着的浴巾，翻转了身子。浴女方才稍稍震颤的喁喁细语，犹如花香萦纡在耳。银平动动身子，那花香也随之而至。耳朵沁入香花般的陶醉，这是他从来没有体验过的事。

浴女的身子紧靠着狭窄的躺椅，站着为银平揉捏臂膀。浴女的胸脯紧挨在银平的脸上方。她的乳罩勒得虽不太紧，但白布的边缘使得肌肉稍稍显出一道细长的压痕。然而，从她的胸间到乳房，尚未鼓胀成熟起来。浴女是古典式的长脸，额头不太宽阔。或许是那一头香发没有蓬起，而是整齐梳向后边的缘故，那双高高吊起、炯炯有神的眼睛显得更加明亮了。脖颈到双肩的线条还未隆起，手臂根部的圆弧依然萦绕着青春的稚气。浴女光艳的肌肤贴太近了，银平闭上眼睛。木匠用的钉子箱里装满了细小的钉子，这画面出现在他眼前。钉子又锐利又光亮。银平睁开眼睛，望着天花板，上面被涂成了白色。

"我的身体比实际年龄更显老，因为受太多苦了。"银平嘀咕道，但他还没有说出年龄。

"三十四了。"

"是吗？挺年轻的嘛。"浴女压抑住声音中的感情。她转到银平的头上方，抚摸他靠墙一侧的臂膀。躺椅的一边紧挨着墙壁。

"脚趾像猴子一样长，似乎萎缩了。我经常走路……可是，看到自己丑陋的脚趾就觉得恶心。那里竟然也得到你纤手的抚摩。你给我脱掉袜子时,不感到惊讶吗?"

浴女没有回答。

"我也生在内日本[1]海边。海岸布满崎岖的黑岩。我用长长的足趾抓住岩石,光着脚走路。"银平半是真话半是假话地说道。银平为了这副丑陋丫子,真不知在青春时代,时时刻刻说过多少谎话啊!倒也难怪,他的双足的确脚背又厚又黑,脚心也打起皱来,长长的足趾骨节突出,每个趾节都可怕地屈曲着。

眼下,他躺在那里接受按摩,看不见腿脚,他把手举到脸前瞧着。浴女为他自胸至臂腕活动筋络。那里正当胸部一带。银平的手并不像双足那般怪异。

"内日本什么地方呢?"浴女的嗓音非常自然。

"内日本的……"银平犯起嘀咕,"出身地不好说,我和你不同,我失去了故乡……"

浴女看来并不想知道银平的故乡,她也无心

---

1 指日本本州岛面临日本海一带地方。

特意打听。这座浴室的灯光不知是如何设置的,浴女的身上似乎没有阴影。浴女抚摸银平的胸脯,歪斜着自己的胸脯。银平闭上眼睛,一时不知道手往哪里放。要是放在腹边,不就触摸到浴女的腹胁了吗?哪怕手指尖碰一碰,似乎脸上就要挨一耳光。而且,银平感到像真挨了打一样。他突然害怕地极力想要睁开眼睛,但眼皮就是睁不开。他的眼皮被狠狠击打了,想流泪也流不出来。眼珠子像被热针刺了一般热辣辣地疼。

击打银平面孔的不是浴女的手掌,而是蓝色皮革的手提包。他挨打时不知道是手提包,被打之后发现脚边掉落一只手提包。到底是他被手提包打了,还是有人把手提包扔在这里了,银平一概搞不清楚。但手提包确实重重地砸在了自己脸上。这时,银平头脑清醒过来了……

"啊。"银平喊叫了一声。

"喂,喂……"他想喊住那女子,提醒她手提包掉了。然而,女子的背影闪过药店一角,飘忽而去了。只有蓝色的手提包横斜在道路中心,仿佛是银平无可动摇的犯罪证据。张开的金属锁口里夹持着一沓面值千元的钞票,但对于银平来说,比起钞票,更要紧的是作为罪证的手提包。对方因银平而扔掉手提包逃跑,他的行为似乎已经构成犯罪。出于此种恐惧,银平猛然拾起提包。震惊于那一沓千元钞票,是拾起皮包之后的事。

　　银平事后怀疑看到的那家药店是幻象。没有一家商店的居民区街上,一座古旧的小药店孑然而立,这也太奇怪了。在人口的玻璃门旁,竖立着蛔虫药的广告牌。还有一件奇怪的事,进入居民区街道的电车轨道的拐角处,竟然有两家同样的水果店相对而立。两家商店里都同样排列着盛满樱桃、草莓等水果的小木箱。银平尾随女子而来的当儿,除了女人再也没发现别的什么,怎么突然有两家相向的水果店闯入了他的眼帘呢?他要记住通往女人家里的拐角处吗?他的眼里还残留着水果箱里整齐排列着的一颗颗草莓,所以,确实有水果店。但是,只有电车轨道拐角处有水果店。银平记错了,他或许以为两个地方都有水果店来着。那阵子,将一种东西看成是两种东西并非绝无仅有。后来,银平曾经想亲自去查看到底有没有水果店和药店。他和诱惑苦心斗争了一段时间。其实,那座街镇他也没看清楚。他把东京地图又在头脑里描画一遍,只得出个大体感觉。对于银平来说,女人前去的方向,那里只是一条道路。

"对啦,或许她并不打算扔掉手提包。"银平被浴女揉搓着腹部,无意中自言自语起来。他猛地睁开眼,浴女尚未留意他,他又很快闭上了眼。说不定是地狱里的怪鸟般的眼神吧。关于那只女用手提包、失物的名称以及失主的情况,幸好这些都没有暴露。银平的腹部收紧了,接着又不停地一起一伏。

"好痒痒啊。"听银平这么一说,浴女放松了手,这回真咯吱起他来了。银平快活地笑出声来。

直到现在,银平依然认为,那个女人不论是用手提包打了自己,还是将手提包丢给自己,都是因为她觉得有人为了包里的钱而盯她的梢。她害怕到了极点，才扔掉手提包逃走的。但女人本不打算扔掉，她只是想拎起手中之物甩掉银平，由于用力过猛，手提包从手里飞出去了。不论是哪一种可能性，如果女人抡起手提包打到了银平的脸，就意味着两人的距离很近。走进行人稀少的居民区街道，银平无意中缩短了追踪的距离也未可知。那女人是感受到银平的气息，才扔掉手提包逃走的吗？

银平并非为了钱。他根本不知道女人手提包中有巨额钞票，连想都没想过。他为了销毁明显的罪证，捡回了手提包，这才发现包里有二十万元钞票。没有一道折痕，十万一沓，一共两沓。也有存折，女人似乎是在从银行回去的路上。她想必以为自己一出银行大门就被人跟踪了。除了两沓钞票之外，只有一千六百元零钱。银平翻开存折，取出二十万元后，还余两万七千多。就是说，女人的存款几乎都被支取出来了。

银平从存折上知道，女人的名字叫水木宫子。银平不是冲着钱，而是受到女人魅力的诱惑，既然如此,他自当将钱和存折一并送还给宫子才是。然而,银平这个人是不会归还的。正如银平是追随女人而来,金钱似乎是活生生的有灵之物,驱赶银平向前迈步。银平是首次偷钱,与其说偷,莫如说是金钱一方面使银平胆怯,一方面又不愿舍他而去。

当他拾起手提包时,还没有余裕想到私吞,拾起一看,手提包成了犯罪的证据。银平将包夹在西装腋下,一路小跑来到电车轨道上。正巧不是穿外套的季节,银平买了一张包袱皮,跑出店面,把手提包裹起来。

银平租了一栋二层小楼独居。水木宫子的银行存折和手帕都被他放在炉火上烧了。因为没有提前保留存折上的住宅信息,宫子的地址也无从知晓了,他也不想送回钱款。存折、手帕和梳子烧起来有气味,他想到手提包的皮革更臭,便用剪子铰碎,一片片投入火中,费了好些时日。手提包的金属锁口、口红和粉盒的金属盖等不可燃之物,则是趁夜间扔进水沟的。这些都是寻常之物，即使被发现也没有关系。当拧出经常使用、所剩不多的口红看时，银平不由打了个寒噤。

银平留心听广播，他也经常看报，没有发现装有二十万钱款和存折的手提包被强夺的新闻。

"唔，那女人还没有报案。或许有些原因，使她不敢报案。"银平嘀咕着。他感到黑暗的心底突然被一股奇怪的火焰照得通亮。银平之所以跟踪那个女人，也是因为她有值得跟踪的地方。可以说双方都是同一魔界的居民。银平凭经验懂得这些。当他想到水木宫子也是他同类的时候，立即心荡神驰起来。他为没有保留宫子的住址而后悔莫及。

宫子被银平盯梢的当儿，肯定很害怕，但即使她本人没有察觉到，那也存在一种剧痛般的喜悦。人类怎么可能会只有主动者享受得到而被动者无缘消受的快乐呢？街上美女如云，银平只选择尾随宫子，这不就像吸食毒品的瘾君子找到了同病相怜者吗？

银平最初尾随女人时选择玉木久子，明显就

是如此。说是女人，久子也不过是个少女，比声音优雅的浴女还要年轻。她是一名高中生，是银平班上的学生。银平和久子的关系暴露后，随即被解除了教职。

银平一直盯梢盯到久子家门口。他看到门庭壮丽，猛然留住了脚步。石墙绵延直至那扇大门，铁格栅上饰有蔓草花纹。大门敞开着。久子从蔓草花纹对面回头看了看。

"老师！"她对银平叫了一声。青白的面孔上泛起美艳的红潮。银平的面颊也一阵火热。

"啊，这里就是玉木同学的家呀。"银平沙哑着声音说。

"老师，有什么事吗？为什么来到我家了？"

既然来到学生的家，总不能闷声不响地一直跟在后头。

"原来如此。真是太好啦，这座房子没有被战火烧毁，简直是个奇迹！"银平装出颇为感慨的样子，朝着门里张望。

"房子全烧光了，这是战后才买的。"

"这里是战后才……？王木同学的父亲是干什么的呢？"

"老师,您究竟为何事而来?"久子越过铁质蔓草花纹图案,对银平怒目而视。

"哎,是这样的。因为我生了脚气……那个,玉木同学的父亲不是知道治疗脚气的特效药吗?"他说着,便在这座豪华的大门前,东拉西扯谈论起脚气来了。谈这些算怎么回事呢?银平哭丧着脸。久子一本正经反问他:

"生脚气了吗?"

"嗯,我说的是脚气药。唉,就是那种治疗脚气很有效的药。你不是在学校跟朋友说过吗?"

久子闪现出回忆的眼神。

"我已经不能走路啦。你能不能向你父亲询问一下脚气药的名称?我就在这里等一会儿。"

银平眼望着久子消失在那座洋馆的大门内。他跑着逃走了。银平那双丑脚似乎一直在后头追逐着自己。

恐怕不论在家里还是在学校,久子都不会告

发她被尾随这件事。银平猜度着，当晚因受头疼折磨，眼皮发麻，一夜没有睡好。上床后，他迷迷糊糊，睡得不沉，且时常被吵醒。每次他都伸手摸摸渗满冷汗的额头。积聚在后脑的毒素，上升到头顶之后，接着又转移到额头。此时，脑袋又疼起来了。

第一次头疼是在逃离久子家门前，徘徊于附近闹市的时候。杂沓的人流中，银平找不到立脚之地，只得捂着前额蹲在地上。头疼的同时感到眩晕。锣声铿锵，震动着大街，既像中头彩时的铃声大作，又像飞驰而过的消防车高鸣警铃。

"您怎么啦？"女人的膝头轻轻抵一下银平的肩膀。他转过脸仰头一看，似乎是在战后闹市区站街的妓女。

为了不挡行人的路，银平不知何时躲在花店的橱窗下了。他的额头几乎顶在橱窗的玻璃上。

"你在跟踪我吧？"银平对女人说。

"谈不上什么跟踪。"

"并非我尾随你而来啊。"

"是的呢。"

女人的回答既不肯定也不否定。要是肯定，女人还应说出点理由。然而女人却停了一下，银平等不及了，他有些焦急：

"要是我没有尾随你，那就是你尾随我，对吗？"

"随您怎么说……"

女人的身影映在窗玻璃上，仿佛辉耀于玻璃对面的鲜花丛中。

"您在干什么呀？快站起来，人家都看着您呢。哪里不舒服啊？"

"唔，脚气。"

银平不由走了嘴，又说了脚气，自己也感到不解。

"脚气发了，疼得不能行走。"

"真拿您没办法。附近有个好去处，包您满意，去休息一下吧，袜子和鞋都可以脱掉。"

"要是叫人看到了，就不好啦。"

"谁愿意看呀，瞧那脚……"

"会传染的。"

"不会传染。"女人将一只手插进银平的胳肢窝里,调笑般地问道:"怎么样?怎么样?"

银平用左手手指摁住额头,望着映入花丛中的女人面影。此时,花丛中出现了另一位女子的面容。那是花店的老板娘吧?银平仿佛要抓住窗户对面的一簇白色大丽花,右手抵住橱窗大玻璃,站立起来。花店老板娘蹙起薄眉,乜斜着银平。银平生怕自己撞破大玻璃划伤腕子,流出鲜血,因而将身体的重心向女人这边倾斜。

女人站稳脚跟,说:"可不能逃掉!"

说着,她照着银平的前胸猛地掐了一下。

"好疼。"

银平猛地醒了。打从逃离久子家门,他不知道是如何到达这里来的。但经女人掐过之后,头脑轻快多了,犹如湖畔山谷吹来的微风,清爽宜人。虽说这应该是绿叶时节的凉风,但由于银平的腕子刚刚极力抵在花店的玻璃窗上,眼看就要把湖面般宽阔的玻璃顶碎,于是,他心里浮现出结冰的湖面。那是母亲家乡的湖。湖岸上也有町镇，但母亲的家乡是乡村。

湖面上笼罩着轻雾。岸边冰层的远方，锁在无限的水雾之中。以往，银平曾邀约——抑或说诱骗更准确——姨表姐弥生一起到冰上散步。少年银平诅咒、怨恨弥生。他甚至怀着一种不良的居心，巴不得脚边的冰层破裂，让弥生沉入冰下的湖底。弥生比银平大两岁，银平比弥生更会使坏心眼儿。在银平虚岁十一岁时，父亲离奇地死去了。母亲动摇起来，打算返回娘家。比起生长在春天和煦阳光下的弥生，银平更需要耍弄一些鬼主意。银平的初恋对象是姨表姐，其中一个隐秘的愿望或许是不想失去母亲。幼年银平的幸福，便是他和弥生或双方的身影一同映入湖水，或一起在湖岸的小路上散步。他们一边望着湖水，一边走动，湖水映着两人的姿影，走啊，走啊，仿佛永远不离不弃。幸福却很短暂，长他两岁的少女，在十四五岁时作为异性，离银平而去。银平父亲亡故之后，母亲的娘家人对银平家十分忌讳，弥生也明显地瞧不起银平,同他疏远了。银平巴望湖面的冰层破裂,弥生沉入湖底,正是在那个时候。不久,弥生和一位海军士官结了婚,如今大概成了寡妇。

眼下,银平浮想联翩,由花店的玻璃窗联想到湖面的冰层。

"掐得够狠的。"银平揉着胸口,对街妓说。

"肯定弄破啦。"

"回去给夫人看看嘛。"

"我没有夫人。"

"您说什么?"

"是真的。我是光棍教师。"银平平静地说。

"我也是个独身的女学生啊。"女人回答。

这肯定是个水性杨花的女子。银平不再瞅她的脸孔。但听说女子是学生,头又疼起来了。

"脚气疼吗?所以还是少走路为妙……"女人望着银平的脚跟。

银平忽然想到,要是被他跟踪到家门口的玉木久子,反过来跟踪他来到这里,发现他和这个女子同行,那么她会怎么想呢?他蓦地转身环视嘈杂的人群。走进玄关的久子是否重新出门不得而知,但久子现在肯定在心中追逐着银平,他对这一点坚信不疑。

第二天,久子所在的班级有一堂银平的国语课。久子在教室门外等着他。

"老师,药。"说着,她将药迅速塞进银平的口袋里。

银平昨夜头痛没有备课,因睡眠不足而感到疲劳。于是这节课被改成了作文课,题目任选。一个男同学举手发问:

"老师,可以写生病吗?"

"嗯,写什么都行。"

"例如,不好意思,脚气什么的?"

他的话引起哄堂大笑。大伙都看着那个学生,没有人向银平投来奇怪的目光。大家似乎不是嘲笑银平,而是笑那个学生。

"脚气也可以写的,老师没经验,写出来可以当作参考。"银平一边说一边瞧着久子的座位。

同学们还是笑个不停,他们的笑声显示出银平的无罪。久子低头在写着什么,她没有抬头,一直从脸颊红到耳根。

久子把作文交到老师桌子上的时候,银平瞥见题目是《老师的印象》。银平想,她写的肯定是自己。

"玉木同学,回头你留一下。"他对久子说。久子暗暗地点点头,扬起脸瞟了银平一眼。银平觉得仿佛是在斜睨他。

久子离开窗际,眺望着校园。全体学生交完作文之后,又重新聚集到讲台旁边来。银平慢悠悠将作文簿子扎成一捆,站起身来。他默默无言地来到走廊上。久子跟在银平后头,相距一米左右。

"谢谢你的药。"银平回过头来说,"你跟人说了脚气的事了?"

"没有。"

"谁都没说吗?"

"哦,跟恩田说过。恩田是我最要好的朋

友……"

"对恩田同学说过呀……"

"就她一个人。"

"对一个人说和对大家说,都是一样的。"

"不会的吧,只是恩田和我两个。我和恩田之间没有任何秘密。我们相约,不管什么事都不瞒着对方。"

"这么亲密啊?"

"是的。我父亲生脚气的事,我也跟恩田说了。那时老师也听到了。"

"是吗?不过,你同恩田同学没有任何秘密吧?那是骗人的。你仔细想想看,你说对恩田同学没有任何秘密,那么你一天二十四小时都和恩田同学在一起,心中随时想到的片言只语,二十四小时一直对她说个没完,这怎么可能呢?比如说,睡着了做梦,早晨醒来忘记了,就不会向恩田同学谈起。说不定梦中和恩田同学绝交后,想把她杀了呢。"

"我不会做那样的梦的。"

"总之，所谓互相没有秘密的朋友，都是病态的幻想、女孩弱点的面具。没有秘密，那是只在天堂或地狱才有的事，不是人间。假如你对恩田同学没有秘密，你就不能作为人类独自一人存在，就不可能生存下去。你摸着胸脯好好想想吧。"

银平说的这番道理，以及他为何要摆出这番道理，久子一时似乎难以理解。

"友情不可相信吗？"她好不容易反问道。

"没有任何秘密，就不会产生友情。不仅是友情，人世的所有感情都不可能存在。"

"啊？"少女似乎依旧不能信服。

"重要的事情，我都会跟恩田商量。"

"那么，怎么说呢……最重要的事和最不重要的鸡毛蒜皮，你是不会跟她说的，不是吗？你父亲同我生脚气的事，究竟重要到何种程度？对于你恐怕也只是中等程度吧。"

银平一番不怀好意的话语，使得仿佛双脚被吊到半空中的久子，突然被摜到了地上。久子面色苍白，泫然泪下。银平不住地低声安慰她。

"你家里的事情,也全都跟恩田同学说了吗,不会吧?你父亲工作上的秘密不会说的,是吧?瞧,还有,今天的作文课,你好像写了我,有些事也不一定全都对恩田同学说。"

久子泪眼盈盈,锥刺般地望了银平一眼,沉默不语。

"玉木同学的父亲,战后干了什么工作?获得了这样的成就,这是了不起的事。我不是恩田同学,但我也想听你详细说说。"

银平一副若无其事的语调,但明显地带有强迫意图。他怀疑,能在战后买下那座宅第,多半是暗中干了违法犯罪行为。银平死盯着久子不放,企图使她对自己跟踪一事守口如瓶,保密到底。

然而,久子第二天就来上银平的课,并且给他带来了脚气药,还写了《老师的印象》这篇作文,看来用不着犯愁。银平再次确认了昨夜的猜测。还有,银平如醉如痴,梦游一般地尾随久子,是因为被久子的魅力所诱惑。久子已经用魅力降服了银平。由于昨日被盯梢,久子对自己的魅力已经知晓，或许暗暗在快乐地颤抖哩！银平对这位奇怪的少女，有着电击般的感应。

不过，强迫久子，也只能到此为止。银平扬起脸来，发现恩田信子站在走廊尽头，正注视着这边。

"你的密友对你不放心，正等着你呢。快去吧……"银平放走了久子。久子并没有一离开银平就立即跑向恩田那里，而是渐渐落在银平后头，低着头一步步向前走去。

三四天后，银平对久子表示感谢。

"那药很有效，托你的福，全治好啦。"

"是吗？"久子明朗的面颜上浮现出可爱的笑靥。

然而，事情并未在可爱的久子这里画上终止符。她和银平之间的关系，被恩田信子告发，银平被赶出了学校。

那以后又过了好些年月，如今在轻井泽蒸汽浴澡堂里，银平由一位浴女按摩小腹。他躺在那张宽阔而豪华的安乐椅上，想象着久子的父亲剥落脚皮的情景。

"嗯,生脚气的人是不能洗蒸汽浴的。一旦被热气熏蒸,就会奇痒难耐。"银平似乎在自嘲地说。

"有生脚气的人来过没有?"

"这个嘛。"

浴女实在不想回答。

"我不懂什么脚气。只有娇生惯养、柔弱的腿脚才会生吧?高尚的腿脚染上恶劣的病菌,人生不就是这么回事吗?我们这样的猴子脚,哪怕种上病菌也不会生脚气,因为脚皮又厚又硬啊。"但一边说,一边想到浴女的纤纤素指用力揉搓他那双丑脚湿漉漉的脚心。

"我这脚连脚气菌都不愿来。"

银平皱起眉头。如今心情好些,为何要跟美丽的浴女谈论脚气呢?难道非得说出来才舒服吗?无疑是因为那时对久子撒了谎。

银平走到久子家门口,说自己正为脚气所苦,想打听一下药名,只不过是临时脱口而出的谎言。

三四天后,他去道谢,说脚气好了,也是在继续撒谎。银平并没有为脚气苦恼,上作文课时,他说自己没有经历过,那是实话。他扔掉了向久子要的药。他对街头妓女讲述的一切只不过是信口开河,是在继续着早先的谎言。撒过一次谎,谎话就会接踵而来。银平紧随女人身后,谎言也紧跟银平身后。恐怕罪恶也是如此。一旦犯下莫名的罪恶,罪恶就会一桩又一桩,接连不断地跟踪而至。恶习正是如此。一度跟踪过女人,便会使银平再次跟踪女人,就像脚气一样盯住人不放。接二连三,扩大范围,永不间断。今年夏天的脚气,暂时消隐,明年夏天又会复发。

"我没有脚气。我不知道脚气是什么。"银平仿佛自我呵斥般地吐露心声。怎么能将跟踪女人那种优美的战栗和恍惚,同不洁的脚气等搅浑在一起?一度说过的慌言,怎能使得银平做出如此的联想?

可是眼下,银平蓦地意识到,在久子家门前脱口而出的脚气谎言,不正来自于自己那双丑脚带来的自卑吗?要是这样,跟踪女人的也是这双腿脚,也就是说同这一丑陋有关系,不是吗?银平猜出这一点,吓了一跳。肉体局部的丑陋会憧憬美,会哀泣不止。丑恶的腿脚追逐美女或许是自然的法则。

浴女将银平膝下到小腿的部位按摩完毕,随之,背对银平转向后方。就是说,银平的脚置于浴女眼皮底下了。

"可以啦。"银平慌忙说道。他将又瘦长又突出的脚趾极力屈曲起来。

浴女含着优柔的嗓音说道:

"给您剪一剪趾甲吧?"

"趾甲……啊,脚趾甲……?你给我剪脚趾甲吗?"他一时显得有些狼狈,含含糊糊地应酬着。

"长得好长了嘛。"

浴女将手掌放在银平的脚底板上,轻柔地握着他那猴子似的缩紧的脚掌,使他舒展开脚趾。

"是有些长了……"

浴女为他剪趾甲,又温柔,又认真。

"你一直待在这里,倒也很好。"银平发话道。他已经死心了,打算将这脚趾头就交给浴女了。

"想见你的时候就到这里来。一旦想找你按摩,报你的号码就行了,是吗?"

"是的。"

"你不是和我陌路相逢的人,也不是来历不明的人,更不会在偶然相遇后不尾随就会将你迷失在不可能重逢的世界里。这话我说得可能有点绕弯子了……"

一旦将一切都托付与她,那双丑脚似乎也会诱发一掬温馨而幸福的泪水。女人一只手捧着他的脚,一只手为他剪趾甲。银平从来没有像眼下这样,将自己的丑脚暴露给一个女子。

"我说得有些玄妙,却是真的。你不觉得吗?偶然相逢,挥手而别,啊,这是多么可惜……我经常有这种体会。多么可爱的女子,多么美丽的女子,如此富有魅力的女子,这个世界还会有第二人吗?与这样的人在路上擦肩而过,在剧场比邻而坐,在音乐厅会场上相继走下台阶……然后分别,终生不可能再度相逢。话虽如此,你总不能随便喊住一个陌生人同他聊天。难道人生就是如此吗?那种时候,我简直痛不欲生。恍恍惚惚,简直要昏迷过去了。我虽然想跟随她直到这个世界的尽头,但这又是不可能的。因为我一旦跟随她走向世界尽头,我就只能将她杀掉!"

银平毕竟说得太露骨了,他不由一惊,然后解释说:

"刚才有些太放肆了。若想听到你的声音,只需打个电话就行,真是太好了。不过,你和浴客不同,行动不自由。有了可意的浴客,心里盼望着他能再来,然而,来不来都要看客人的方便,也许永远都不会再来了。你不觉得这就是无常吗?人生,就是如此。"

银平望着浴女处子般的脊背,随着剪趾甲的动作,她的肩胛骨微微动着。剪完脚趾甲,她依旧背着身,有点不知如何是好。

"您的手呢……?"她转向了这边。银平躺着将手举向胸前。

"手指甲似乎不像脚那么长,也不像脚趾甲那么脏。"

银平也没回绝,浴女就给他剪手指甲。

对于浴女来说,银平越发使她感到害怕起来。对于这一点,银平心中也有数。刚才那句随便的话语也给他自己留下了可怕的印象。追踪的终点果真就是要杀人吗?水木宫子,仅仅拾到她一只手提包,不知道是否还会再见面。只不过是萍水相逢的人罢了。他和玉木久子相隔很远,分别后再度相见也是很困难的。银平并没有追踪到底,把她们杀掉。久子和宫子或许都已经身处他鞭长莫及的世界中了。

真是令人吃惊,久子和弥生的面庞竟然那么清晰地浮现在银平的脑海,他把她们与浴女的面颜相比较。

"服务那么周到细致,假若没有回头客,简直不可思议。"

"啊呀,这里在做生意呢。"

"嗓音真好听!她吆喝了一句'这里在做生意

呢'。"

浴女不再理睬，银平羞愧地闭上眼睛。他从闭合的眼皮缝里窥视，看到乳罩泛着模糊的白色。

"把这个脱掉。"银平揪住久子乳罩的一端，久子摇摇头。银平用力拽了一下，橡皮筋缩在他手里。久子茫然盯着银平手中的乳罩，敞开了胸怀。银平随手扔掉右手紧握的东西。

银平睁开眼来，浴女在为他剪指甲。他看了看那只右手。久子比这位浴女小几岁呢？两岁，还是三岁？久子如今也像浴女这般皮肤白皙吗？银平闻到了久留米藏青碎白花布[1]的气息。那是银平少年时代穿着的衣服，但他的联想来自于那时还是女学生的久子穿的蓝哔叽裙子。蓝哔叽裙子包裹着他的脚，久子在哭泣，银平也在流泪。

银平的右手手指失去了力气。浴女用左手支起银平的手，用右手的剪刀灵巧地为他剪指甲。

---

[1] 九州久留米地区生产的蓝色扎染棉织品，结实耐穿。传说为井上传首创。

银平在母亲娘家结冰的湖面上,牵着弥生的手一起散步时,也是右手失去了力气。

"怎么啦?"弥生说着回到岸上。如果他那时有力地握紧弥生的手,也许会让她沉入冰湖之底。

弥生和久子都不是他偶然相遇之人,她们有明确的出身和与周围人的联结,是随时可以相见之人。纵然如此,银平还是跟踪她们,使她们最终离开了他。

"耳朵……做吗?"浴女问道。

"耳朵?耳朵怎么弄呢?"

"按摩一下吧。请坐起来……"

银平起身坐到躺椅上,浴女用手指微妙地揉搓银平的耳垂,接着将指头插进耳朵眼,似乎在微妙地旋转着。耳朵里污浊的气体释放出来,变得轻松了,里面还含蕴着幽微的香气。随着微妙的、细碎的声响,传来了微妙的震动。浴女似乎一面将手指插入耳眼,一面用另一只手不停地轻轻叩击。银平堕入一种莫名的恍惚之中。

"你是怎么做的？真像梦幻一般。"银平说着转过头来，可他看不见自己的耳朵。浴女将臂腕稍稍倾向银平的脸孔。她重新将手指插进耳眼，这回慢悠悠地旋转给他看。

"这是天使之爱的絮语啊。清除以往进入耳里的所有人声，只想听见你的优柔嗓音。人们的谎言似乎也从耳内消弭了。"

浴女遂将裸体挨近同样赤裸的银平，对着银平奏起了天上的音乐。

"做得不好，请见谅。"

按摩结束了。浴女为坐着的银平穿上袜子，扣上衬衣的扣子，把他的两脚装进鞋里，系好鞋带。银平自己所做的，仅仅是将腰带勒好，领带系好。银平走出浴室，喝了一杯冰橘汁。这期间，浴女一直站在他身旁。

接着，浴女送他走出玄关，银平一来到夜间的庭院，立即看到巨大的蜘蛛网幻影。两三只绣眼鸟同各种昆虫一起粘在蜘蛛网上，青色的羽毛和眼睑周围可爱的白环历历可睹。绣眼鸟只要挣扎，蛛网或许就会破裂，但它们却细细缩紧双翅，挂在蜘蛛网上不动。蜘蛛一旦靠近，就仿佛会被绣眼鸟的长喙啄破肚皮，于是只好守在蛛网中央，将屁股对着绣眼鸟。

银平抬眼望着又高又暗的森林。夜间，遥远的岸边发生火灾，照亮了母亲娘家的湖面。银平仿佛也被那映照在湖水上的夜火吸引了。

装有二十万元现钞的手提包被夺走，水木宫子没有报警。二十万元对于宫子来说，虽说是关系身家命运的一笔巨款，但也有不便上诉的缘由。因此可以说，银平完全没有必要为这件事逃亡信州[1]。而且，假若真有什么东西在追击银平，那就是他所携带的现金。并非是他偷盗金钱，而是金钱似乎对银平紧追不舍。

银平无疑是偷了钱的。但当时他正要对宫子打招呼，告诉她手提包掉了，所以或许说不上是

---

[1] 日本古代信浓国的异称，即今长野县。

"夸";宫子也不认为是遭到银平的抢劫,这些并不能清楚地判定银平盗窃。当手提包遗落在马路中央的时候,只有银平一人在场,当然首先怀疑是他偷的。然而,并非宫子亲眼所见。也许银平没有拾取,是别的路人捡走了。

"幸子,幸子!"那时候,宫子一进门就呼喊女佣,"手提包丢啦,你去帮我找找看,就在那家药店前边。快点,跑着去。"

"好的。"

"慢慢腾腾,就会被人拿走的啊!"

接着,宫子喘着粗气登上二楼,女佣阿辰也追着宫子上楼来了。

"小姐,听说手提包丢啦……?"

阿辰是幸子的母亲,阿辰先来了,是她把女儿喊来的。宫子一人生活的小家庭里,不可能使唤两个佣人,阿辰瞄准这家的弱点,使得自己的地位远在女佣之上。阿辰有时喊宫子"夫人",有时喊宫子"小姐"。有田老人来这个家的时候,则定要叫宫子"夫人"。

这是因为,有一天,宫子不经意间表明了心情。

"在京都的旅馆时,身边的女佣,看我一个人在的时候,就喊我'小姐'。有田在的时候,年龄相差这么大,她也喊我'夫人'……喊我'小姐'或许是故意开玩笑,但听起来有点可怜我,所以我有些伤感。"

她这么一说,阿辰随即道:

"那好,我也这么称呼吧。"

自那之后,她就一直这么叫了。

"不过,小姐,正走着路把手提包丢了,不是很奇怪吗?又没有其他的东西,手提包总该提溜在手里的啊。"

阿辰的小眼睛瞪得溜圆,凝神仰望着宫子。

即使不刻意瞪,阿辰的眼睛也是圆的。一副铜铃般的眼睛,虽说眼界不很开阔,但一双小眼睛瞪得溜圆。幸子的眼睛继承自妈妈,显得颇为可爱,阿辰的则不自然地过于突出,反而使人生出可怖的警惕心。事实上,一旦与阿辰相对,她在眼底就会有另一种神情存在。薄茶色的透明眼神，反而给人阴冷的感觉。

白皙的脸既圆且小，脖颈很粗，胸脯更壮，越向下越肥胖，并且脚很小。女儿幸子那双可爱的小脚板，更加使人惊奇。然而，母亲脚脖子纤细，一双小脚看上去犹如狡猾的小动物。母女二人都是小个子。

阿辰的脖子肉嘟嘟的，即便仰望宫子，她也扬不起头颅，只能向上翻翻眼皮，使站着的宫子更有种被看透的感觉。

"丢掉的东西总归丢掉啦。"宫子用高声呵斥女佣的嗓门说道，"证据不就是手提包不见了吗？"

"可是，小姐，您不是当即说出就在那家药店前边吗？地点知道了，而且就在自家附近，怎么会把手提包丢了呢？"

"丢掉的东西总归丢掉啦。"

"同洋伞一样，手提包忘在哪里是常有的事。可拿在手里竟然丢了，比猴子从树上掉下来还要不可理解。"阿辰端出一个奇妙的比喻。

"如果意识到丢了，重新拾起来不就得了？"

"那当然，瞧你在说些什么呀？要是一掉下来就有觉察，那就不会丢掉了。"

宫子这才察觉，自己登上二楼后，还一直身穿外出的衣服站着。宫子的洋装衣橱与和服衣橱都在楼上的四叠半房间里。有田老人来时，两人就住在隔壁八铺席双人房，这样便于换衣服。阿辰在下边，倒是可以耍威风了。

"到下边拧个手巾给我。要冷水的，稍微出了些汗。"

"好的。"

宫子这样说罢，阿辰就会到楼下去了。再说，光着身子擦汗，阿辰可以不必待在楼上。

"好的，我在脸盆的水里放些冰箱的冰块，给您擦擦身子吧。"

"不用。"宫子皱起眉头。

阿辰下楼去了。同时，玄关的大门打开了。

"妈妈，我从药店前边一直找到电车轨道，都没有发现夫人丢失的手提包。"只听得幸子这么说。

"那是自然的……到楼上向夫人汇报一下吧。那么,向巡警报案了没有?"

"唉呀,要报案吗?"

"怎么这么迷糊啊,还是去报个案吧。"

"幸子,幸子!"宫子在楼上呼喊。

"不要报案,里头没什么重要的东西……"

幸子没有回应。阿辰上了楼,捧着一只木盆,里面放着脸盆。宫子脱掉裙子,只穿内衣。

"要不要我给您搓搓背呢?"阿辰特别客气地说道。

"不用了。"宫子接过她要阿辰拧来的手巾,伸展双腿开始擦拭起来,将脚趾也揩干净了。阿辰将宫子皱成一团的袜子展开来叠好。

"不用叠了,反正要洗的。"宫子将毛巾扔到阿辰手边。

幸子上楼来时,两手撑地俯伏在隔壁四叠半房间的门坎上行礼。

"我回来啦,没有找到。"她说。一副滑稽可爱的样子。

阿辰对宫子有时百般殷勤,有时敷衍了事。黏黏糊糊,过分亲昵。时时刻刻,变幻莫测。她会向女儿絮絮叨叨地讲解这类礼仪做法。有田老人归来时,她叫幸子给他系鞋带。有田老人患神经痛,有时用手扶住蹲在脚边的幸子的肩膀站立起来。阿辰企图叫幸子将老人从宫子手里夺过来。对此,宫子早就看在眼里。然而,十七岁的幸子对于阿辰的话未必真能理解。她叫幸子搽香水。宫子一旦问起,阿辰就回答说:"这孩子的体味很大。"

"就叫幸子报到巡警那里去吧,怎么样?"阿辰紧追着问。

"干吗老盯着呢?"

"很可惜呀,里面究竟装着多少钱呢?"

"没装钱。"宫子闭起眼睛,上面盖着冰冷的毛巾,好半天纹丝不动,她的心跳又加快了。

宫子有两张银行存折。其中一张用的是阿辰

的名义,存折也交给阿辰保管,是瞒着有田老人的私房钱。这是阿辰为她出的主意。

二十万元是从宫子名下的那张存折里取出来的。取款的事对阿辰也保密。有田老人一但发觉,就会问起二十万元干什么用了,所以不能报案。

对于宫子来说,这二十万元是将自己年轻的身子交给一个半死不活的白发老者,以短暂的青春花季作为代偿换来的,流淌着宫子的血汗。这笔钱在丢掉以后,瞬间就消失了,没给宫子留下任何东西。这简直叫人难以置信。大凡花掉了钱,这笔钱没有了,其后总还可以回想一番。积攒起来的钱,一旦失去,回忆起来也是苦涩的。

不过,丢失二十万元的时候,宫子也并非没有一瞬的战栗。那是一种快乐的战栗。当她发现身后有男人跟踪,心中害怕,便逃离了现场。较之这一点,也许更是另一种突如其来的快乐使她感到惊讶,这才转身逃逸的吧?

当然,宫子不以为是自己丢了手提包。正如银平不知道究竟是宫子用手提包击打自己,还是手提包脱手飞了出去，宫子也不知道究竟是自己用手提包击打，还是将手提包扔了过去。但手感十分强烈，手掌又麻又疼，传到臂腕，传到前胸，宫子全身剧痛，沉沦于恍惚之中。宫子被男人跟踪期间，内心火热的激情似乎骤然之间燃烧了起来。她被有田老人葬送的青春转瞬得以复活，她感到了复仇的战栗。对于宫子来说，长年累月积攒二十万元的劣等感，瞬间获得补偿，因而钱并不算白白丢掉，这一笔花销还是很值得的。

不过，说真话，这同二十万元似乎没有任何关系。她不管是用手提包击打那男子，还是将手提包扔向那男子，当时宫子完全忘记了包里的现金，甚至手提包离开自己的手掌，她都没有觉察。不，当她转身逃离的时候，也还没有想起来。基于此种意思，说宫子丢掉手提包是对的。并且，她在击打男子之前，实际上就忘了手提包，以及包内的二十万现钱。她一心只想着自己被那男人盯梢，心中荡漾起阵阵激情。当情感的波涛达于高潮之际，那只手提包则不知哪里去了。

宫子返回自家大门时，依旧保持着快乐的麻痹，她瞒着什么也没说上了楼。

"我要脱衣服了，你下去吧。"

宫子从脖颈到手臂擦了一遍，随后对阿辰说。

"到浴室洗吧。"阿辰奇怪地看着宫子。

"我不想动了。"

"是吗？不过，手提包的确是在药店前——也就是沿电车轨道向这边走来后丢的吧？因为我要去巡警那里问一问……"

"我不知道在哪儿丢的。"

"为什么呢？"

"有人盯着我呢……"

宫子本想尽早独自擦拭一下战栗的痕迹，不由得说漏了嘴。阿辰圆睁着光亮的眼睛。

"又给盯梢了吗？"

"是啊。"宫子重新坐好。可说罢，快乐的余韵完全消失了，只剩下阴森的恐怖，宫子直冒冷汗。

"今天是直接回来的吗?还是去傍男人散步了?所以,手提包丢了,对吗?"

阿辰回头看了看依旧坐着不动的幸子:

"幸子,你干吗愣着?"

幸子仿佛感到目眩,刚一站起来,一条腿就打了个趔趄,随即涨红了脸。

其实,幸子也知道宫子经常被男人盯梢。有田老人也很明白。在银座中心,宫子曾低声对老人说:

"有人跟踪我呢。"

"哦?"老人刚要回头瞧,宫子制止了他。

"不能看。"

"不行吗?你知道为什么会被盯梢吗?"

"这个我知道。就是刚才迎面过去的戴蓝帽子的高个子男人。"

"我倒没在意,刚才擦肩而过时,他跟你打招呼了?"

"瞎说什么呀。难道您要我问问他,你只是个过路人,还是想进入我的人生?"

"你会高兴吗?"

"要不真的问问吧……那么,咱们打个赌吧。看他会跟到哪里……我好想打赌。我不能同一个拄拐杖的老人一起走,请您到那家丝绸店里看着。我到对面那条街尽头,然后再折回这里,这段路要是他一直跟踪我,那您就得为我买一套夏天穿的当洋装。我不要麻织的。"

"要是宫子你输了呢?"

"会吗?那就让您整夜枕着我的胳膊睡觉。"

"那你不准回头看,也不能同他搭讪啊!"

"那当然了。"

这场赌博预计有田老人会输。老人想,就算输了,宫子也会整夜给他枕着胳膊睡。不过,自己睡着了,又怎么知道枕没枕香肘呢?老人苦笑着,走进男装绸布店。后来,他目送着宫子同那个盯梢的男子,心中涌动着奇妙的青春情欲。这不是嫉妒。嫉妒是被禁止的。

老人家中有位名目为家政妇的美人,三十多岁,比宫子大上十多岁。一个临近七十岁的老人,被两位美人抱在胸前,搂在怀中,吮着奶汁,就像依偎着母亲。对于老人来说,使他忘却俗世恐怖的人只有母亲。不管是家政妇还是宫子,老人都告知了她们另一方的存在。他曾经恫吓宫子,警告她一旦两人互相嫉妒,他在恐惧之余,要么全因变得狂暴而加害她们,要么会因产生心脏麻痹而猝死。虽是随便说说,但宫子也明白,老人患有被害妄想症,心脏虚弱的时候,宫子总是应老人之需,用细柔的手心为他按摩胸脯,将秀嫩的香腮悄悄贴在他怀里。不用说,那位叫梅子的家政妇,也不是一点都不嫉妒,有田老人进入宫子家中讨得宫子欢心的日子,梅子就会充满醋意。宫子根据经验无意中也有所察觉。一想到尚且年轻的梅子因这样的老人而产生嫉妒,宫子不由得感到恐怖,变得厌世起来。

有田老人时常在宫子面前夸奖梅子颇有家庭观念,宫子觉得老人仅从自己身上享受一种娼妓的快感。然而,老人不论对宫子还是对梅子,都渴望一种母性,这是最明确不过的了。有田的生母,在他两岁时就被迫离异,接着继母进入家门。老人曾将这件事反复讲给宫子听。

"尽管是后妈,但要是能像宫子、梅子一样待我好,那该多么幸福啊!"老人向宫子撒娇。

"我不知道呀,说不定我也会欺负您这个继子的。您过去一定是个可恨的孩子吧?"

"我是个可爱的孩子啊。"

"作为一个受欺负的继子,到了这把年纪,终于获得补偿,能和两位好心的母亲生活在一起,您不是挺幸福的吗?"宫子颇带几分讽刺地说。

"可不是吗,真是太感谢啦。"

有什么可感谢的?宫子感到愤愤不平。不过,一个将近七十岁的还在工作的老人能有这般心情,也使得宫子从人生之中多少学到了一些东西。

自食其力的有田老人,似乎有点看不惯宫子散漫的生活。宫子单独生活,无事可做。她只是守着老人勉强度日,眼见着失去青春的活力。那位女佣阿辰为何那般摆谱呢?宫子感到莫名其妙。老人旅行时,宫子总是跟着一道去,阿辰为她出主意,让她骗一部分旅费回来。就是说,账单上可以多算一部分,这部分就返还给宫子。即便有些旅馆愿意这么做,但宫子也觉得自己仿佛受了侮辱一般。

"好吧,至少茶水费和小费您要多算点。算账时,夫人您请到隔壁房间去,茶水费和谢礼,那可是富于弹性,可高可低啊!老爷碍于情面,这份钱他会出的。在您未进隔壁房间之前,这些钱要是三千就扣下一千,塞进和服腰带或套装前胸,谁又能知道呢?"

"呀,我真服啦。小家子气,锱铢必较……"

不过,考虑到阿辰的工资,这笔钱倒也不是小数目。

"我可不是小气,要想攒钱,就得积少成多,凭着我们这样的女人……要存一笔钱,那得多少天、多少月啊!"阿辰用力地说道。

"我可是为夫人着想啊,您白白献出青春的血,供一个老爷子吸干喝光,您怎么受得住啊!"

阿辰逢到有田老人一来,连声音都变了,变

得像个女招待，即便对宫子讲起话来，也像现在这般令人打心眼儿里厌恶。宫子打了个激灵。不过，比阿辰的嗓音和话语更使人感到不寒而栗的，是岁月如梭，宫子肉体的青春不断流淌消泯，就像她日日月月攒下的钱一样，一朝散尽。

宫子到底和阿辰的成长道路不同，战败前，宫子一直像蝴蝶飞舞于花丛中，所以她根本想不到攫取旅馆房钱之类的事。她想，阿辰的这番话，证明为她出点子的阿辰，在厨房里也是用这种方式零零星星积钱的。即使买一包感冒药，阿辰去买和支使幸子去买，花销也不一样，总要相差五块十块。如此积少成多，阿辰的存款究竟有多少？宫子生出了好奇心，她想从阿辰的女儿幸子那里搞清楚。没见过阿辰给女儿零花钱，估计也不可能将存折出示给她看吧。看样子也许很有限，宫子根本不放在眼里。但阿辰那种集腋成裘、蚂蚁搬家似的根性，她却不能轻易放过。总之，阿辰的生活是一种健康的方式，而宫子无疑是一种病态。宫子美好的青春只是消耗品，而阿辰没有做出任何消耗却活得很好。当宫子听阿辰说起自己受尽那个战死丈夫的折磨时,似乎泛起了快感。

"你被弄哭了吗?"

"当然哭了……没有一天不哭得两眼通红。他扔过来一把火钳子,不巧刺中了幸子的头,至今还留下一块小小的伤痕,就在脑后,您看一下就知道了。我认为,这块伤疤就是最好的证据。"

"什么证据?"

"什么证据,小姐,不是想说不敢说吗?"

"不过,像你这样的人也会受欺负,可见你家那男人很厉害呀!"

宫子有几分故意装糊涂。

"可不是吗,我倒也想过这事。当时我就像中了邪似的,听任丈夫摆布,一点也不敢声张啊……如今解脱了,倒也自在。"

听阿辰这么说,宫子想起战争时失去了初恋情人的自己,那时她还是个少女。

或许是生长在富裕家庭的缘故,宫子对于金钱一向恬淡。如今的宫子,二十万元虽说是一笔大钱，可丢也就丢了，她很快就想开了。眼下的二十万元与宫子家在战争中失去的不可同日而语。但对宫子来说，她一时也没办法积攒这么多钱。这二十万是因为有需要才从银行取出来的，宫子一下还是陷入了迷茫。捡到手提包的人如果能报案，二十万这个数目，也许会登报。银行的存折也在一起，标有失主的姓名地址，拾取的人要么直接送到家里，或由警察前来通知一声。宫子浏览了近来三四天的报纸。她想，那个盯梢的男子，也会知道她的姓名住址。果真是他偷走了吗？否则，那男子不论拾到手提包还是没拾到手提包，都会紧紧跟在自己身后的啊。或者那男子被手提包击中，慌乱中逃走了？

宫子丢失手提包，是在银座有田老人为自己购买衣料之后一星期左右。在那一周里，老人未到宫子家里来。老人露面，是手提包事件发生后的第二天夜晚。

"哦，您回来啦？"阿辰立即出迎，接过濡湿的洋伞，"您是走着来的吗？"

"是啊,这鬼天气,进入梅雨季节了吧?"

"觉得疼痛吗?幸子,幸子……!"阿辰在呼叫。

"啊,对了,幸子在泡澡呢。"她说罢,光着脚跳下去,为老人脱鞋。

"洗澡水要是烧好了,我想暖暖身子。湿漉漉的,今天天气好冷,不太合乎季节……"

"有点受不了吧?"阿辰皱起小眼睛上边短短的眉毛。

"啊,真是干了一件大傻事啊!没想到您会来,我叫幸子先洗澡了,这可怎么办呢?"

"没关系的。"

"幸子,幸子!快点出来吧。将上面一层热水轻轻舀出来,弄得干净些……其他地方也好好冲一冲……"

阿辰急忙走过去,给热水器点着火,回头又点燃浴池的煤气。

有田老人穿着雨衣,伸出两脚摩挲着。

"泡澡时叫幸子给您稍微揉揉脚吧……"

"宫子呢?"

"噢,夫人说她去看新闻电影了……那是专门放映新闻片的影院。这会儿也该回来了。"

"能叫按摩师来一下吗?"

"好的,还是原来的……"说罢,她站起来,拿来老人穿的和服。

"这是洗完澡换的衣服,幸子!"她又大声呼叫,"我进去叫她快些出来。"

"已经好了吗?"

"是的,已经……幸子!"

大约一个小时后,宫子回来了。有田老人躺在二楼的寝床上,让女按摩师为他做按摩。

"好痛啊。"他低声说道。

"恼人的雨天还要出门去。再洗一次热水澡,浑身都会舒服起来。"

"是啊。"

宫子出神地背倚洋装衣柜坐着。一星期没有见到有田老人了。他面色白皙,似乎很疲倦,面颊和手臂出现了青黄的斑痕,看上去很明显。

"我去看新闻影片了。看了新闻片子，就会觉得浑身有活力。去的路上，原想作罢，打算去洗发，但美容院已经关门了……"宫子说着，看了看老人刚刚洗过的头。

"喑，香波挺好闻的嘛。"

"幸子喷了很多香水呢。"

"她好像体味很浓。"

"嗯。"

宫子走进浴池。她洗了头。随后叫来幸子，让她用干毛巾为自己揩拭头发。

"幸子，多么可爱的双脚！"宫子两只膀子支撑着膝盖，伸出一只手，抚摸眼皮底下幸子的足背。幸子两腿不住颤抖，传达到宫子裸露的肩膀。或许继承了阿辰的根性，幸子手也不很干净。不过，她只爱捡拾宫子丢进垃圾桶里的东西，例如用过的旧口红、断齿的木梳以及丢弃的发卡之类的。宫子心里也很明白，幸子对漂亮的宫子抱着向往和羡慕。

宫子洗完澡，披起一件白底蓟草花纹的浴衣，外加羽织褂，立即为老人搓脚。如果老人住在家中，她会每天为老人搓脚吗？她想。

"那位按摩师技艺高明吗？"

"太差了。常去我家的那位手艺倒很高超呢。已经熟练了，对按摩很有诚意。"

"那人也是女的吗？"

"是的。"

或许老人平素在家里，家政妇梅子每天也会为他按摩吧。宫子想到这里，一阵厌恶，手也没了力气。有田老人抓住宫子的手指，按在坐骨神经末端的穴位上。宫子的手指没有这么做。

"我的手指又长又细，不行呀。"

"是吗……并非如此。年轻女人充满爱心的指头反而好。"

宫子的脊梁骨阵阵发抖，再度离开穴位，却又被老人抓住不放。

"幸子的手指很短，不是很好吗？叫她来练习一下吧。"

老人没有吭声。宫子忽然想起拉迪盖[1]《魔鬼附身》中的台词。她看过电影之后,又读了原作。玛特说:"我不想给你的一生造成不幸,我在哭泣。对于你来说,我太像一个老太婆了!""这种满怀爱情的语言,孩童一般尊贵。今后,不管感到怎样的热情,都不会比一个十九岁的姑娘哭着说自己是老太婆这一腔纯情更感人。"玛特的恋人十六岁。十九岁的玛特比起二十五岁的宫子年轻多了。年纪轻轻将身子许给一个老头的宫子读到这里时,受到了异常的冲击。

有田老人始终说宫子比实际年龄更年轻。这不仅仅出自老人对她偏爱的目光,不论在谁眼里,宫子都显得那么风姿绰约。然而,有田老人说宫子年轻,只是因为老人喜欢和思慕她的青春,对此,宫子也有感觉。宫子一旦失去少女的美艳,体形走样,老人就会害怕得悲泣。一个将近七十

---

[1] 拉迪盖(Raymond Radiguet,1903—1923),法国诗人、小说家。代表作有诗集《燃烧的双颊》,小说《魔鬼附身》《德·奥热尔伯爵的舞会》等。

岁的老人,依旧希望一位二十五岁的情妇更加年轻,细想想,不是又奇怪又不洁吗?但是,宫子还是很快忘记了对老人的责怪,有时竟然按照老人所愿,渴望自己更加年轻起来。年近七十的老人,一方面渴望宫子的青春,一方面向二十五岁的宫子寻求母性。宫子虽然不打算迎合老人的愿望,但偶尔也有过作为母亲的错觉。

宫子用大拇指为俯伏的老人按摩腰脊,一旦稍稍骑姿般地撑着手臂,老人就说道:"就骑在我的腰上好啦。"

"那里,为我慢慢踩踩好吗?"

"我不行呀……还是叫幸子试试吧,怎么样?幸子,她人小脚也小,正合适。"

"她还是个孩子,还有点害羞呢。"

"我也害羞啊!"说着,宫子联想起幸子比玛特小两岁,比玛特的恋人大一岁。这又如何呢?

"还以为您赌输了,就不再来了呢。"

"你是指那次打赌吗?"老人紧紧缩起脖子,像只老鳖。

"不是，是神经痛。"

"还不是去您家的那位按摩师手艺高强的缘故嘛……"

"嗯，是啊，说得也对呀。再加上，我又赌输了，又枕不到你的香胳膊……"

"别说了，给您枕。"

让宫子按摩腰腿，将脸孔深深埋入宫子前胸，如今，仅这些举动就能给有田老人带来他这种年龄的人想要的快乐，宫子心里也非常清楚。繁忙老人将待在宫子家里的这段时间称作"奴隶解放"的时间。这话让宫子意识到，她本身正处于奴隶的时间。

"只穿浴衣，还是有些冷吧？好了。"老人转过身来，宫子如约答应他枕着胳膊睡。宫子厌恶为他按摩。

"让那个戴蓝帽子的男人跟踪你，是怎样的心情？"

"很高兴呀。这和帽子的颜色不相干。"宫子故意有声有色地表白道。

"倘若只是跟踪,什么样颜色的帽子都没关系……"

"前天也一样。被一个奇怪的男子盯上了,一直跟到附近那家药店为止,还丢失了手提包,真可怕啊!"

"什么?一周之间被两个男人盯梢啦?"

宫子被有田老人枕着胳膊,点了点头。老人不同于阿辰,他对走在路上丢失手提包这种事,似乎并没有感到奇怪。抑或是他因为对宫子被男人盯梢感到惊讶,而没有觉得奇怪的余裕。老人的惊奇多少给了宫子几分快感,她为此放开了身子。老人将脸贴住她的胸脯,双手将那两团温热的隆起抵在自己的太阳穴上。

"这是我的。"

"是的。"

宫子孩子气地回应着,呆然不动,泪水滴落在老人布满白发的脑门上。电灯熄了。拾到了手提包的男子决心跟踪而来的一刹那,他哭丧着的脸浮现于黑暗之中。

"啊!"

一声犹如号叫般的男性的叫喊,尽管几不可闻,但宫子还是听到了。

擦肩而过的男子站定脚跟,回头看的当儿,他被宫子头发的光泽、耳垂后颈肌肤的颜色吸引了,诱发出刺疼般的悲戚。

"啊!"

一声惨叫,他双眼发黑,几乎要倒在地上。宫子尽管没有看到也算看到了。她听到无声的惨叫,回首瞥了一眼男子哭丧的面容。刹那间,男子决心跟踪而来。那个男人似乎因意识到一种悲戚而失去了自我。宫子自然不会失去自我,但又感到脱离男人躯壳的男人的影子悄悄潜入了自己的内心。

宫子只是最初回头一瞥,后来再也没有朝身后瞧过一眼。她不记得男人的模样。眼下浮现于黑暗中的只是一张神情沮丧的歪斜脸孔。

"有魔力啊。"过了一会儿,有田老人低声说。宫子泪流不止,她没有回答什么。

"有魔力的女人啊,跟踪过你的男人什么样都有,你自己不觉得害怕吗?看不见的魔鬼就在这里呢。"

"好痛啊!"宫子缩起胸脯。

宫子想起花季年龄乳房疼痛那个时候,眼前仿佛又看到自己当时清纯无瑕的裸体像。虽说眼下自己看着比起实际年龄年轻,但身体已经完全成了女人。

"您说话老是欺负我,那可是神经痛呀。"宫子胡乱回了他一句。她老是觉得,随着体形的变化,纯朴正直的姑娘也变成坏心眼儿的女人了。

"哪里欺负你了,"有田老人认真接过话头,"让男人跟踪你,会觉得有趣吗?"

"没趣。"

"你不是说很高兴吗?同我这样的老人交往让你感到郁闷,想复仇是不是?"

"复什么仇啊?"

"向你的人生、你的不幸。"

"说什么高兴、什么有趣,不是那么简单的事情。"

"是不简单,对人生复仇,不是简单的事。"

"这么说,您和我这个年轻女子交往,也是在向人生复仇,对吗?"

"哦?"老人一时语塞,他接着说,"这不是什么复仇。如果硬要说是复仇,那我只能是被复仇,说不定我正遭人复仇哩。"

宫子没有好好听他说话。她在思忖,既然她表明自己丢了手提包,要不要坦白包里装着一大笔钱,请有田老人给补上呢?即便他肯,二十万也太多了,金额说多少为好呢?虽说是老人的钱,但毕竟是宫子的存款,完全由自己支配。如果说是为弟弟考大学用的钱,老人或许更容易接受。

宫子从小就时常被家人谈论,说什么她和弟弟启助男女相互调个个儿该多好。可是,自打有田老人拜倒在石榴裙下之后,她就失去了希望,变得既怠惰又懦弱。"小妾讲容貌,正妻无人问,实出于自然之理。"宫子记得在哪本书上看到过这样一句古话。想到这些,宫子眼前发黑,心情悲凉，就连对美貌的骄傲也失去了。她被男人跟踪的时候，也许会一时觉得很骄傲，很激动。然而，宫子心里也明白，男人盯梢，并非仅仅因为她的美貌。正如有田老人所言，或许就是她身上有魔力的缘故。

"不过，那也是挺危险的啊。"老人说道，"有一种要抓鬼的捉迷藏游戏，像这样每每被男人盯上，那不就是捉魅魔的游戏了吗？"

"也许是的。"宫子回答得很玄妙，"人类中或许有着不同于凡人的魔族，说不定还存在魔界呢。"

"这是你的自我感觉吗？好可怕的人呀。你会受伤的，最后不会有好结果。"

"我的兄弟姐妹里，或许会有这种人。就说我那弟弟吧，温顺得像个小姑娘，可他竟写下了遗书。"

"为什么……"

"鸡毛蒜皮的小事罢了。弟弟有个好朋友，他仁想一起升大学，但是弟弟又怕自己上不了……

那位姓水野的同学，家境好，人也聪明。今年春天，大学考试的时候，他许诺说，如果可能，他会帮助我弟弟，他可以做两份答卷。其实我弟弟成绩不差，但很胆小。他怕临考试害脑贫血，结果真的发生了脑贫血。就算考上了又怕去不了，这就更让他放心不下。"

"这事你以前从未提起过，不是吗？"

"对您说有什么用呢？"

宫子停顿了一会儿，接着说："水野那孩子很伶俐，他完全没有问题。母亲为了让弟弟上大学花了一大笔钱。我也在上野请他吃晚餐，祝贺他升大学，然后又去动物园观赏夜樱。有弟弟、水野，还有水野的恋人……"

"哦？"

"虽说是恋人，其实只有十五岁，刚满……我就在动物园的夜樱下被一个男人跟踪了。他当时带着老婆孩子呢。谁知他舍掉了家人，跟上了我。"

有田老人似乎很惊讶。

"为什么要这样呢？"

"要说为什么……我很羡慕水野和他的恋人呃，当时露出了悲伤的表情吧。这不怪我。"

"不，是因为你啊。你不是也乐在其中吗？"

"您太过分了。我有什么快乐可言呢？丢手提包时也是如此，心中很害怕。我用手提包打那个男人，或许是砸了过去，我太紧张了，已经记不清楚了。手提包里装着一笔对我来说算是巨款的现金。母亲为了让弟弟上大学，向父亲的朋友借了钱，正发愁呢。我打算给母亲一些钱，便从银行取出来，正在回家的路上呢。"

"包里有多少钱？"

"十万元。"宫子冷不丁只说出半数，突然倒抽了一口气。

"嗯，可不是个小数目，你是说被那个男人抢云了……对吗？"

宫子在黑暗里点点头，肩膀哆嗦了一下，心跳变得急促。老人也感觉到了。然而，宫子只说出金额的一半，这使得她更感屈辱。这种屈辱似乎还夹杂着恐怖。老人的手温柔地爱抚着宫子。或许半数可以获得补偿，宫子想到这里，又流出了眼泪。

"不要哭。不过，这种事反反复复持续下去，会铸成大错。在被男人跟踪这件事上，你说的话前后矛盾。"有田老人平静地说。

老人在宫子的臂腕里睡着了，而宫子却很难入眠。梅雨时节的雨下个不停，光是听到呼吸声，并不知道有田老人的年龄。宫子抽出臂膀。这时候，她用另一只手悄悄捧起老人的头，倒没有把他弄醒。这位厌恶女人的老人偏偏睡在女人身旁，可以说他只有靠在女人身边才能呼呼大睡。借老人刚才的说法，他认为宫子很矛盾，由此，宫子也开始自我厌恶。有田老人之所以厌恶女人，即使不吐一句一字，宫子心里也很清楚。老人还是三十多岁的时候，妻子因嫉妒而自杀，从此，他对女人的嫉妒的恐怖刻骨铭心。女人一旦稍露嫉妒的端倪，他立即拒人于千里之外。宫子不论出于自尊还是气馁，都不想嫉妒有田老人。不过，宫子毕竟是女子，有时会不小心说出带有嫉妒意味的话语，这时候老人就会露出不悦的表情，似乎要把宫子的嫉妒冻结下来。这就使得宫子觉得很是索然无味。不过，老人厌恶女子，看来并不仅仅因为女人的嫉妒，也不是因为年事已高。对于生来就不喜欢女人的人，他究竟有什么值得女人嫉妒的呢？说到这里，宫子不由得打算嘲笑他一番，可一想到有田老人和自己的年龄，还谈论什么老人是厌恶女人还是喜欢女人之类的事，未免太滑稽可笑了。

宫子想起了弟弟的同学及其恋人，对他们很羡慕。水野有个姓町枝的女友，这事宫子也听启助提到过。在庆祝弟弟入学那一天，宫子第一次见到了町枝。

"哪里会有那样清纯的少女啊！"启助从前谈起过町枝。

"十五岁就有了情人，显得太老成了。不过这也难怪。虽说十五，可虚岁也到十七了。如今的女孩，十五岁就有了男友，真幸运。"

接着,宫子又改口说:

"不过,阿启呀,你懂得女人真正的清纯吗?刚见过一面,你是不可能懂得的。"

"我懂得。"

"说说看,什么样的女人是清纯的。"

"很难说得清楚啊!"

"因为阿启你这么认为,所以会有这种感觉。"

"姐姐你见到她,就会明白的。"

"女人大都爱耍心眼儿,不像阿启你那样单纯……"

启助也许还记得宫子说过的这句话,所以宫子在母亲家初见町枝时,启助比水野更早羞得脸孔通红,心怦怦跳。宫子不可能让弟弟的同学及其女友到自家来,所以是在母亲家里见的面。

"阿启,姐姐我也喜欢上那个女孩了。"宫子在里屋为启助穿新制大学制服时,这么对他说道。

"是吗,欤?袜子穿反了。"启助坐下来,宫子也展开藏蓝色百褶裙坐在他面前。

"姐姐也是祝福水野的,对吧?所以才让他把町枝姑娘带来。"

"嗯,我是祝福的。"

启助不也喜欢町枝吗?宫子很是怜爱文弱的弟弟。

"水野家恐怕是反对的,听说还给町枝家写了信……信中的文字很不礼貌,惹得町枝家火冒三丈。就说今天吧,町枝姑娘也是偷偷来的。"启助很起劲地说了一通。

町枝穿一身水手服,手捧一小束麝香豌豆花,插进启助书桌上的玻璃花瓶里,说是祝贺启助升学。

宫子打算去上野公园观看夜樱,请他们到上野的一家中华料理店用晚餐。公园里游人杂沓,拥挤不堪。樱花也凋落了,花枝没有伸展开来。纵然如此,在电灯光的照耀下,花色还是十分浓艳,呈现出桃红。町枝或许生来沉默寡言,或许对宫子有所顾忌,一直言语无多。不过,她也提到自家的庭院,修剪过的杜鹃花灌木丛上落满了樱花瓣，早起一看，耀目争辉。还有，到启助家来的路上，看到护城河畔的樱树林里，飘浮着一轮溏心蛋似的夕阳。

清水堂旁的小道行人稀少，他们沿着昏暗的石阶走下来，这时宫子对町枝说道：

"我记得大约是在三四岁的时候……我叠了很多纸鹤挂在母亲家附近的祠堂中，那是为了祈求父亲的病早些好起来。"

町枝沉默无语，和宫子一起站在石阶中央，眺望着清水堂。

直达博物馆的正道上游人如织，颇为难走，他们只得绕道动物园那一边。东照宫参道一侧燃起了篝火，他们登上石板路。参道上一排石灯笼，在篝火的辉映下，变成了一列黑影。上头是接连不断的盛开的樱花。灯笼背后的空地上，赏花的游人东一团西一堆围坐在一起，中央点着蜡烛，摆着酒肴。

每当有人喝醉了，东倒西歪走过来，水野总是充当盾牌，将町枝护在身后。启助离他俩稍远些,伫立于醉汉与两人之间,似乎守卫着他们两个。宫子扶着启助的肩膀,一面躲避着醉汉,一面思忖着启助哪来的这股勇气。

町枝的面孔映着篝火的光焰,美艳无比。她那双唇紧闭极为认真的表情,看起来宛若圣女面颜。

"姐姐。"町枝发话了,她像被磁铁吸引着,立即躲到宫子的背后。

"怎么啦?"

"是学校的同学……她和她父亲在一起。他们就住在我家附近。"

"町枝姑娘是想躲一下吗?"宫子说着,同町枝一起回头看,若无其事地挽住町枝的手。那只手离不开了,就那样向前走去。宫子接触町枝手指的瞬间,差点叫出"啊"的一声。虽说同是女人,她的手是多么温柔多情啊!不但给人的触感细腻柔润,而且使得宫子深深体味到少女的妍丽。

"町枝姑娘,你真幸福啊!"她只有满口赞扬。

町枝摇摇头。

"哎呀,为什么呢?"宫子不解地窥视着町枝的脸孔,町枝的眼睛映着篝火闪闪发光。

"你也有过不幸福的事吗?"

町枝沉默无语,松开了手。宫子回想,挽着同为女性的手一块儿走路,已经是好几年前的往事了。

宫子经常见到水野,当天晚上,她只注目于町枝。宫子眼望着町枝,忽然产生出一种很想独行远方的忧愁。纵然是在半道上同町枝擦肩而过,但也许会回头久久凝视着她的背影。男人跟踪宫子,感情会如此强烈吗?

厨房里传来碗碟之类的瓷器掉落的响声,宫子回过神来。今晚,老鼠又出来了。宫子犯着犹豫,想着要不要起来到厨房去看看。看来老鼠不止一只,很可能是三只。可以想象,老鼠被梅雨淋湿了。宫子伸手摸摸洗过的头发,悄悄抑制住了那股寒意。

有田老人觉得胸闷,他动了一下,随后剧烈

地扭动起来。宫子皱起眉头，心想，劲头又上来了，于是躲开身子。老人经常被噩梦魇住，宫子已经习惯了。老人像被绞死的人一样大幅摇摆着肩膀，臂腕似乎要甩掉什么，用力拍打着宫子的头，嘴里不住发出呻吟声。宫子本可以将他叫醒，可她却一直团缩着身子，一动不动。她的内心涌现出了分残忍的情绪。

"啊，啊！"老人喊叫着，游水般划动两手。但在梦中寻求着宫子的身体。只要能紧紧抱着宫子，他即使不醒也能保持安静。但是，今夜他却被自己的悲鸣闹醒了。

"啊。"老人摇摇头，接着就有气无力地紧贴着宫子。宫子也放松了自己的身体。

每次都是如此。"又魇住了不是？又做可怕的噩梦了吧？"宫子连这类话也不肯说一声了。

"我没说什么话吗？"老人不安地问。

"没说，只是魇住了。"

"是吗，你呀，一直没睡着吗？"

"没睡着。"

"是吗,谢谢。"

老人拉着宫子的臂腕枕在自己的头底下。

"梅雨时节更难眠。你睡不好,也是因为梅雨的缘故。"老人羞愧地说,"我还以为是我的动作很大,把你弄醒了呢。"

"即便躺下了,还不是老为您起来吗?"

有田老人的叫声很大,就连睡在楼下的幸子也给吵醒了。

"妈妈,妈妈,好吓人啊!"幸子瑟缩着身子,一把搂住阿辰。阿辰抓着女儿的肩膀,把她推开:

"怕什么呀,那不是老爷吗?害怕的是老爷。他就是那样子,一个人睡不着觉。出门旅行也要带着夫人。老爷对夫人很在乎。要是没有那个毛病,倒也不是非要女人陪睡的年龄了。他只是经常做噩梦罢了,一点也不可怕。"

六七个孩子在坡道上嬉闹,中间也有女孩子。他们或许都是学龄前儿童,在从幼儿园回家的路上。其中两三个人拿着木棒,没有木棒的也装作手里有的样子，全都猫着腰，像是拄着拐杖走路。

"老爷爷，老奶奶，直不起腰来……老爷爷，老奶奶，直不起腰来……"

他们一边唱歌，一边歪歪倒倒走着。歌词就是那么两句，翻来覆去没完没了，有什么意思呢？若说只是谐趣嬉闹，但他们又像是认真投入于自己的创造。有一个女孩由于左右摇摆得太厉害，倒在了地上。

"啊呀，好疼，好疼。"女孩学着老太太的动作，揉着腰部，又站立起来。

"老爷爷，老奶奶，直不起腰来……"她又加入了合唱。

坡路最上面连着高高的土堤，土堤上嫩草初萌，松树不规则地分布在各处。松树不很高大，枝叉就像古代的隔扇或屏风画，浮现于春日傍晚的天空。

孩子们沿着坡道的中央，东倒西歪地向着黄昏天空的方向攀登。他们尽管摇摇摆摆，很少有什么车辆通过。道路上人影稀疏，东京的居民区街道看来也不是没有这样的地方。

此时,只有一位少女牵着柴犬从坡下登上来。不,还有一个人。桃井银平跟在那位少女后头。然而,银平一旦迷上少女就丧失了自我,他到底算不算一个人,还是个问题。

少女走在一侧的银杏树荫里。街道树只是一侧有,人行道也只是街道树这一侧才有,另一侧的柏油路上突兀地立起一道石屏,围起了一块占地广阔的宅基地,从坡下一直延续到坡上。有街道树的一侧,是战前贵族的住宅区,内庭既深又广。人行道旁边是条深深的水渠,两岸是石崖。形状或许是仿照护城河并加以缩小罢了。水渠对岸的地势缓缓隆起,种植着小松树。这些松树似乎依然保留着前人精心修剪的风韵。小松林上方露出白色的围墙,白墙低矮,覆盖着瓦顶。银杏街道树高高耸峙,刚刚抽芽的细叶尚未繁茂,没有遮蔽树梢。由于枝叶淡薄,又因高度和方向不同,夕阳的光芒透过去,或浓或淡,在少女的头顶辉映着青春的嫩绿。

少女穿着白色毛衣,下身是粗棉布裤子。磨擦已久的灰色裤边打着卷儿,带格子的红色里子鲜明耀眼。这条较短的裤子和帆布鞋之间,可以窥见少女白皙的小腿。头发捆扎得很随意,披散在肩头,从耳朵到脖颈的雪白皮肤十分秀美。在狗绳的牵拉之下,她的肩膀歪斜着。这位少女奇迹般的美艳,深深吸引着银平,使他无法离开。仅仅是那折叠的红格子和白色的帆布鞋之间所能看到的少女肌肤,就足以为银平带来满心悲哀,甚至逼他主动去死,或者使他杀掉那位少女。

银平想起往昔在故乡的弥生,还有他班上的学生玉木久子。他想到她们如今连挨一挨这位少女脚边的资格也没有了。弥生皮肤白皙,但肤色不太亮丽。久子的肌肤浅黑而有光泽,但色感略嫌凝滞,缺乏这位少女天生的馨香。同弥生一道玩耍的少年时代的银平,和接近久子的班主任时期的银平,两相比较,目下的银平落魄潦倒,身心交瘁。春天黄昏里,银平仿佛站在寒风之中,衰弱的双眼渗满泪水,登一段坡路就喘不过气来。

膝下的肌肉松弛麻木,追不上少女的脚步。银平还没有看一眼少女的面颜,他很想在爬到坡顶之前,同少女肩并肩走一段路,随便聊一聊狗的故事。这样的机会只有这种时候才有,而且他似乎不敢相信在这里竟然会有这样的机会。

银平展开右手的手掌挥动了一下。这是他一边走路一边鼓励自己的习惯。他由此回忆起以前那只温热的死老鼠的触感。他曾经手里提着一只睁大两眼、口里滴血的死老鼠。那是在湖畔弥生的家里,一只刚毛猎狐㹴在厨房里捉到的老鼠。狗嘴里衔着老鼠不知该如何处理,一直站在那里。这时,弥生的母亲对狗说了一句什么,拍拍狗的头,它就乖乖地放下了。没想到死老鼠掉到地板上了,那狗立即飞奔而来。弥生随即抱起狗,哄说道:

"好啦,好啦。你好厉害,好厉害呀。"

接着,她命令银平:

"阿银,把那只死老鼠弄走吧。"

银平连忙拾起那只老鼠,老鼠口里流出的血

一滴滴落在地板上。老鼠身体的温热有些瘆人。但忆起那睁大的眼睛,倒也很可爱。

"早点扔掉吧。"

"扔到哪儿呢……?"

"湖里就可以呀。"

银平站在湖岸上,提着老鼠的尾巴用力扔得远远的,"扑通",暗夜中传来一声寂寥的水音。银平撒腿逃了回来。弥生不就是大舅的女儿吗?他悔恨莫及。那是银平十二三岁的时候。他做了一个被老鼠袭击的梦。

抓到一次老鼠的猁犬似乎记得了这件事,每天都注视着厨房。人要是吩咐它什么,它都以为是叫它抓老鼠,立即窜进厨房里去。一旦看不见狗的影子,它必定是趴在厨房角落里。然而,狗又不像猫那样,看到老鼠从棚架上沿着柱子向上爬,狗就狂吠起来,简直像被老鼠的灵魂附体,变得神经衰弱了,狗眼的颜色也变了。银平对它也厌恶起来,他打算瞅机会从弥生的针线盒里盗取一根穿着红线的缝衣针,刺穿那只猎狐猁薄皮似的耳朵。他选择在离开这个家的时候干。就算之后有人发现，狗耳朵上扎了一根穿红线的缝衣针，人们或许也会以为是弥生干的。没想到，银平在狗耳朵上一扎针，狗就大叫一声逃跑了，没能得手。银平将那根针藏在口袋里，回到自己家中。他在纸上画了一幅弥生和狗的画，用红线缝了几针，放在书桌抽屉里。

他想同那个牵狗的少女谈谈狗的故事，随即联想到那只捕鼠的猎狗。对于厌狗的银平来说，没有什么关于狗的好话题。要是靠近少女手里牵的那只柴犬，说不定会狗咬他一口呢。银平没有追上少女，这当然不是狗的缘故。

少女一边走，一边弓身解开柴犬脖子上的锁链。获得解放的狗，先是跑到少女前面，接着又向少女后头跑去，接着穿过少女一侧，直奔银平脚下跑来。狗嗅了嗅银平皮鞋的气味。

"哇！"银平大叫一声，跳了起来。

"福子！福子！"少女呼唤着狗。

"哇！救命啊！"

"福子!福子!"

银平大惊失色,狗回到了少女身边。

"啊,吓死了!"银平摇晃着身子蹲下来。这夸张的做法固然是为了引起少女的注意,但他确实感到昏昏沉沉,不由得闭上眼睛。一阵阵急促的心跳,似乎要呕吐。他按着额头,微微睁开眼睛。少女又给狗套上链子,头也不回地向坡顶登去。银平翻肠倒肚,备尝屈辱。看来,那只狗嗅过银平的皮鞋,肯定知道了银平的那双丑脚。

"畜牲,我一定要把那条狗的耳朵也缝上。"银平嘀咕着向坡上奔去。然而,这股怒气早已在追上少女之前消失殆尽了。

"小姐!"银平哑着嗓子叫了一声。

少女转过头望了一眼。这时,她束起的垂发摇动着,美丽的颈项使得银平苍白的面孔燃起一团火来。

"小姐。这狗着实可爱,是什么种?"

"柴犬。"

"哪里的柴犬?"

"甲州[1]。"

"这是小姐自家的狗吗?你每天定时遛狗吗?"

"嗯。"

"走的都是这条路?"

少女没有回答,也没有对银平显露怪讶的神色。银平回头瞧了瞧坡下。少女的家在哪里?绿叶丛中,想必是个祥和幸福的家庭吧。

"这只狗捕鼠吗?"

少女也没有笑。

"捕鼠本是猫的差事,狗是不逮老鼠的。可也有捕鼠的狗呢。过去,我家里的狗就很会抓老鼠。"

少女对银平看都不看一眼。

"狗和猫还是不一样,抓到老鼠不吃掉。那时我还是个孩子,拿起那只老鼠扔掉时,简直恶心死了。"

---

1 又称甲斐,日本古律令国名,即今山梨县一带。

银平只顾说着那些连自己都感到厌烦的往事，眼前浮现出那只口里滴血的死老鼠，还能略微看到一点紧咬的白牙。

"那是只日本产的刚毛猎狐狸啊。弯弯曲曲的细腿不停地抖动着，我很讨厌它。人和狗，都有很多类型啊。这只狗能陪小姐一起散步，倒也很幸福。"他说着，似乎忘记了先前的那档子事，弯腰想抚摸一下狗背。少女猝然将锁链从右手转到左手，使狗从银平的手里躲开。银平眼看着狗被拉走，真想一把抱住少女的双腿，他好不容易抑制住这一冲动。少女必定是每天傍晚遛狗，沿着这条坡道一侧的银杏树叶荫攀登上去。银平猛然有了个见不得人的主意，他打算藏在土堤上面，希望能撞见那位少女。银平放心了，他心里乐滋滋的，犹如光着身子躺在嫩草地上。那少女将会永远登上这条坡道，向土堤上的银平走来。那是多么幸福的事啊！

"对不起，好可爱的狗啊。其实，我也很喜欢狗……只是厌恶捉老鼠的狗。"

少女没有任何反应。爬上坡顶的土堤后，少女和狗又沿着土堤上的绿草地走去。土堤对面一侧站着一个男学生。少女先伸出手挽住男学生的手，银平惊奇得瞪大了眼睛。原来少女是借着遛狗的时机幽会来了。

银平看到少女那双幽黑的眼睛为爱所浸润，清炯明亮。这突如其来的打击令他脑袋麻痹。少女的眼睛仿佛是黑色的湖泊，银平很想在那一泓清亮的眼波里游泳，想光着身子在那幽黑的湖里游泳。银平同时感受了奇妙的憧憬与绝望。银平无精打采地向前走去，不一会儿，登上土堤，一骨碌倒在草地上，仰望天空。

那个学生是宫子弟弟的朋友水野，少女是町枝。宫子在弟弟和水野升学的庆祝会上，也把町枝叫去，一起到上野观赏夜樱。那是十天前的事。

水野也觉得町枝那双眼睛乌黑而清炯，莹润光亮，十分诱人。中间深黑的眸子几乎布满整个眼眶。

"很想看看，小町枝早晨蓦然醒来时，两眼

会是怎样的神情。"水野完全被这双美目迷住了,"那时候,会是一双多么好看的眼睛呢?"

"一定是困倦得睁不开的眼睛。"

"不会吧。"水野根本不相信,"我一醒来就很想见町枝。"

町枝点点头。

"过去,醒后两小时以内,在学校就能见到町枝。"

"你总说什么'起床后两小时以内'。从那之后,我一早起来,也以为两小时内能见面呢。"

"那么说,那就不是什么困倦的眼睛了。"

"我也不知道是什么样的眼睛。"

"有你这样乌黑眼睛的人,日本真是个好国家。"

乌黑而深沉的双眼,使得眉毛和嘴唇愈加优美了。头发与眼神相互映衬,似乎更加光艳。

"出门时,你说是遛狗对吗?"水野问道。

"没有说,手牵着狗,一看就会明白的。"

"在町枝家附近见面,真是冒险啊。"

"瞒着家里人，心里真难受。要是没有狗，就不能外出。即便出来，带着一副极不自然的神色回家，一看就会露馅的。不过比起我家，水野君家里更不可能允许你出来吧？"

"不谈这些啦。两人离开家又要回到家，在这里还要提起家，更感到心烦。借口出来遛狗，时间也不能太久。"

町枝深以为是。两人坐在草地上，水野把町枝的狗抱在膝头。

"福子也认识水野君了呢。"

"狗要是能说话，回到家里一告状，打明天起就见不上面了。"

"就算不能见面，我也会一直等着的。不管怎样，我都要考上水野君的大学。要是这样，还是可以在起床两小时以内见上面，对吧？"

"两小时以内吗……？"水野犯起嘀咕，"今后肯定都不必等上两小时。"

"家母说我们谈恋爱还太早，不相信我们。不过能早些，我感到很幸福。我想在更小更小的时候,就见到水野君。中学时代也好,小学时代也好,不论多么年幼,只要能见到水野君,我就一定会喜欢上你的。从婴儿时候起,我就被大人背着走过这条坡道,到上面的土堤上游玩。水野君小时候走过这条坡道没有?"

"好像没有。"

"是吗?我总在想,是不是在婴儿时代便在这条坡道上见过水野君,所以现在才会如此喜欢你……"

"我小时候要是走过这条坡道该多好。"

"小时候大家都说我可爱。在这条坡道上,经常有不相识的人抱我呢,一直眨着圆圆的大眼睛,比现在还大呢。"町枝大大的黑眼睛一直看着水野。

"最近,各地中学正值毕业典礼。从坡下向右拐,就是护城河,有租船。乘船通过,就会遇见今年毕业的少男少女,把毕业证卷成圆筒,坐在小船上。他们来划船是为了临别纪念吧,好羡慕啊。也有一些女孩子,手里拿着毕业证,倚在桥栏上,望着同学们的游船。我在中学毕业的时候,还不认识水野君你呢。那时候水野君也有同别的女孩子一起玩吧?"

"我没有同女孩子一起玩过。"

"是吗……?"町枝侧着脑袋。

"天气转暖,游船下水前,护城河还在结冰,落下很多野鸭。我记得,当时我经常在想,站在冰上的野鸭和浮在水里的野鸭,哪一方更觉得寒冷呢?听说有人猎鸭,所以它们白天逃到这里,傍晚再飞回乡下的山野湖泊……"

"是吗?"

"我还看到过劳动节的红旗从对面的电车轨道上穿过。正是街道银杏树嫩叶初生的时节,一面面飘扬的红旗打树荫下穿过,多么美好呀。"

他们两人所在的地方下面原本有条护城河,已经被填上了。从傍晚到夜间,那一带是高尔夫练习场。对面的电车轨道上有银杏街道树,绿叶掩映下,黝黑的树干明晰可见。傍晚的天空包裹在桃红色云翳里。町枝抚摸着水野膝盖上小狗的

头　水野用两只手的手心包住町枝的指头。

"我在这里等着町枝的时候,似乎听到手风琴静谧的歌声,闭上眼睛,躺在地上睡着了。"

"什么歌……?"

"这个嘛,好像是《君之代》……"

"《君之代》?"町枝甚感惊讶,她挨近水野身边。

"《君之代》,水野君不是没有入过伍吗?"

"我每天都听广播到很晚,在广播里听到过《君之代》。"

"我每天晚上都在向水野君道晚安呢。"

町枝没有对水野说起银平的事,她也不觉得同她搭话的男子有多奇怪,过后就忘了。银平躺在草丛中,看也是能看见的,但就算再见,町枝或许也不会想到他就是刚才那个男人。银平不可能不望着他们俩。泥土的寒冷渗透了银平的脊背,正逢换穿冬春外套的季节,银平也没有穿大衣。银平转过身子,朝向町枝他们的方向。与其说羡慕,毋宁说是诅咒他们两人的幸福。他闭上眼睛,面前浮现一幅幻景：两人乘着熊熊燃烧的小船，摇摇晃晃，随波漂流。这就证明两人的幸福不会长久。

"阿银，姑妈很漂亮啊！"银平听到了弥生的声音。那时候，银平和弥生并肩坐在湖岸盛开的山樱树下，花影映照着湖水，可以听到小鸟的鸣叫。

"姑妈开口说话时会露出牙齿，我很爱看。"

如此的美娇娘，为何嫁给银平父亲那样的丑男呢？看来，弥生为此深感遗憾吧。

"父亲和姑妈是兄妹。我父亲说过，银平的爸爸去世了，姑妈可以带阿银回家来住。"

"我不愿意。"银平说着涨红了脸。

他是因为感觉这样会失去母亲而不太情愿，还是因为和弥生同住很高兴而又觉得难为情呢？抑或两者兼而有之吧。

银平家里那时候除了母亲还有祖父母，大姑妈也住在家里，她离婚回了娘家。银平虚岁十一岁时，父亲死在湖里。他头上有伤，有人说，他是被人杀害后扔进湖里的。尽管死因是呛水淹死，但也有可能是在湖畔同人发生争执被推到湖里去的。弥生家人对银平的父亲一分怨恨，甚至有人指桑骂槐，说他不该特地跑到妻子娘家的村里来自杀。十一岁的银平心中琢磨，假如父亲被人害死，他非找到那个仇人不可。他决心已定，无可动摇。银平来到母亲娘家的村里，寻到父亲尸首浮起的地方，躲进胡枝子丛中，监视过往行人。他想，杀害父亲的人不可能泰然从那里通过。有一回，一个牵牛的人打那里经过，牛受惊了，银平屏住呼吸。胡枝子开着银白的花，银平折下一截花枝，回家夹在书里，做成押花，他发誓要报仇。

"母亲也不愿回娘家。"银平对弥生强调道，"父亲就是在这个村里被害死的。"

弥生看着银平苍白的面孔，吓了一跳。

听说有人在湖岸上遇见过银平父亲的幽灵。弥生没有把村中的传闻告诉银平。据说，每当有人通过银平父亲绝命的湖岸一带，身后就紧跟着响起脚步声。回头一看，没有人影。即便逃离，那幽灵的脚步也不加快，只是任路人逃走，幽灵的脚步声听起来越来越远罢了。

小鸟的鸣啭自山樱梢头移向下端枝条，就连这一声音，也使弥生联想起幽灵的足音。

"阿银，回家吧。樱花映在湖面上，有些可怕呀。"

"有什么可怕的？"

"阿银没有好好看呢。"

"不是很漂亮吗？"

弥生正要站起来，银平一把将她拉回去，弥生倒在银平身上。

"阿银！"弥生大叫一声，她扯乱了和服的衣裾得以逃脱。银平跑去追她，弥生喘着粗气，站定脚步，猛地抱住银平的肩膀。

"阿银，你和姑妈一同住到我家来吧。"

"不行。"银平说着，极力搂住弥生的胸脯。银平眼里流出泪水。弥生蒙眬的双眸，茫然地望着银平。过了一会儿，弥生说道：

"姑妈说待在那样的家里她会死掉的。姑妈对我父亲说过这话,我听到过。"

银平和弥生的拥抱,只有这一次。

弥生的家,即银平母亲的娘家,自古以来就是居于湖畔的名门。那么,为何与门不当户不对的银平家结亲,将女儿嫁给银平之父呢?莫不是银平的母亲出了什么事?银平对母亲产生这个疑问是在几年之后。当时,母亲已经离开银平,回娘家住了。银平去东京苦读期间,母亲患肺结核在娘家去世,原来从母亲那里获得的一点生活费也断了。银平家自从祖父去世之后,家里祖母和姑妈如今还健在。听说姑妈将在婆家生的女儿领回来抚养。银平长年和家乡不通音信,不知道那个表妹有没有嫁人。

银平躺在跟踪町枝前来的青草地上,他想起了躲在弥生家乡村庄湖岸上胡枝子丛中的时候。他把那时候的自己和眼下的自己两相比较,觉得也没有什么变化,同一种悲哀流贯全身。不过,为父报仇一事他已经不再认真考虑了。即便害死父亲的凶手还在，现在也垂垂老矣了。假如面目丑陋的老爷子前来访问银平，向他忏悔杀人之罪，银平会不会像摆脱邪魔一般感到浑身轻松呢？能否换回和弥生两人在那里幽会般的青春呢？银平心中清晰地浮现出弥生家乡湖岸上的山樱花映着湖水的情景。湖面如一面巨大的镜子，没有一丝微波。银平闭着眼睛，想起母亲的面容。

这当儿，牵着柴犬的少女似乎已经下了土堤。银平睁开眼睛的时候，学生正站在土堤上目送着她。银平一骨碌爬起来，眼看着那少女顺坡道向下走去。黄昏中，银杏叶荫变浓了。路上没有行人通过，可少女也没有回头。跑在前头的狗拉紧链绳，急着回家。少女踏着小碎步，动作优美。如明日傍晚肯定还会登上这段坡道。想到这里，他吹起口哨，走向水野站立的地方。水野注意到银平，瞧了瞧，银平也没有停止吹口哨。

"挺高兴的呀。"银平冲着水野说道，水野把脸转向一旁，"听到没有，我说你挺高兴的呀。"

水野皱起眉头，望着银平。

"啊,不要摆出那么厌恶的表情嘛。坐在这儿聊聊吧。我这个人呀,要是见到幸福的人,就会羡慕人家的幸福,仅此而已。"

水野转过身子打算离开。

"喂,不要逃走嘛,我不是说要跟你聊聊吗。"银平说道。

水野重新转过头来:

"没有逃,我没什么可跟你聊的。"

"别误会,我不会为难你的。来,坐下。"

水野依然站着不动。

"我认为你的恋人很漂亮。怎么,连这都不可以吗?她真是个可爱的女孩子。你真有福气。"

"那又怎么样?"

"我想和幸福的人说说话。说实在的,那女孩实在漂亮,我一直尾随她到这里。看见她同你幽会 大吃一惊。"

水野也很惊奇地看看银平,打算朝对面走去。

"哎,说说话嘛。"银平从身后将手搭在水野的肩膀上。水野用力将银平撞倒在地。

"混蛋!"

银平从土堤上滚落下去,倒在下面的柏油路上。他的右肩摔伤了。银平盘腿坐在柏油路上,按着右肩站立起来。他登上土堤,对方早已不见了。银平痛苦地喘息着坐下来,悄悄趴在地上。

银平为何在少女走后还要接近那个学生,同他搭话呢?就连他自己也不明白。尽管他吹着口哨走路,那也不见得有什么恶意。银平本想和学生谈谈少女的美丽,他完全是出于真心。学生只要态度诚恳,银平就可以告诉他他尚未留意到的女孩的美。不过,他的表现有些招人厌烦。

"挺高兴的呀。"突然来这么一句,显得颇为拙笨。可以讲点别的什么嘛。纵然这样,被学生一撞,跌落下来,他感到自己早已失去力量,身体是那么软弱无力。银平真想大哭一场。他一只手抓住青草,一只手揉着受伤的肩膀,眯缝着的眼睛里,朦胧地辉映着桃红色的晚霞。

从明天开始,那位少女就不会再牵着狗登上

这段坡道了。不会的,学生明天也许还来不及同少女联络,她明天照旧会通过银杏林荫路而来。不过,被学生记住的自己再也不能在这高坡和土堤出现了。银平环视土堤,寻找可以藏身的地方,没有找到。那位身穿白色毛衣和带有红格子里衬裤子的少女,倏忽打银平脑里闪过,变得遥远了。桃色的天空似乎浸染着银平的脑袋。

"久子,久子!"银平沙哑着嗓子,呼唤玉木久子的名字。

那时他乘坐出租车去会见久子,时间是下午三点左右,当时天上虽然没有晚霞,但城市的天空已经显露出些微的桃红。透过车窗玻璃看到的城市,笼罩着一层薄薄的水蓝色,和司机驾驶台旁窗玻璃落下后看到的颜色全然不同。

"天空稍稍显现出桃红呢。"银平越过司机肩头探着身子。

"是啊。"司机随便应和了一句。

"没有染上什么桃红色吧,到底是怎么回事?是我眼睛的缘故吗?"

"不是因为眼睛。"

银平继续探着身子,他嗅到司机旧衣服的气味。

自那时以来,银平每乘坐出租车,都要感受到浅桃色世界和水蓝色世界才肯罢休。车窗玻璃外呈现水蓝色,作为对照,司机驾驶台旁落下玻璃的窗外是桃红色。虽然只是这两种颜色,但银平似乎还深信,天色、城墙、道路还有行道树的树干,其实都弥漫着一层意想不到的桃红色。春秋时节,汽车行驶途中,多半是关闭客席的玻璃窗,而敞开司机身边的玻璃窗。银平并非随便去哪里都乘汽车,但只要他乘汽车,这种感觉总是反复出现。

银平逐渐认识到,司机的世界是温润桃红,乘客的世界是冷艳蔚蓝。乘客是银平本人。不用说,透过玻璃窗看到的世界是清澄的。或许东京的天空与街巷都尘埃混浊,因而形成桃红色。银平时常探出身子,两肘支撑在司机坐席的靠背上,眺望桃红的世界。或许他因那种混浊而燠热的空气而焦躁不安吧：

"喂，老兄！"

他真想一把抓住司机。这或许是对某种现象唤起反抗、挑战的征兆吧。但他一旦抓住司机，就成了疯子。尽管银平在后面闪现着不安的眼神，但城镇、天空呈现的桃红尽收于一派光明之中，司机不会感到任何威胁。

而且，或许也还没到威胁的地步。银平透过出租车窗玻璃，第一次分辨出桃红世界和水蓝世界，是在前往会见久子的途中。他向司机肩膀方向探出身子，也是去会见久子时候的姿势。在行驶的出租车内，银平经常会想起久子。他嗅着司机旧衣服的气味，不久就闻到久子蓝哔叽裙的馨香，其后，不论从哪位司机身上，银平都能感觉到久子的馨香。纵使是换了新衣的司机，也仍然如此。

初次看见桃红色天空时，银平已经被开除教职，久子也已转校。两人只能掩人耳目，偷偷相会。银平很害怕变成这种情况，他曾说：

"可不能告诉恩田,这是我们两个人的秘密……"

久子听了他的叮嘱,仿佛在密会似的涨红了面颊。

"秘密只要守得住,就能化为甜蜜与快乐,一旦漏出去,就会化作恶鬼跑来索命。"

久子笑出两个小酒窝,翻着眼白睃了银平一眼。那是在教室走廊的一端。一个少女飞身跳上临近窗侧的叶樱[1]枝头,玩单杠似的荡来荡去。树枝剧烈晃动,樱树叶子沙沙的响声,透过玻璃窗传到走廊。

"恋爱是两人的事,绝不可有第三者插进来,懂吗?即使恩田,如今也成了仇敌,变成世人的一个耳目了。"

"但我也许会告诉恩田。"

"不行。"银平胆怯地看看周围。

"我太痛苦了,假若恩田安慰我,询问久子你怎么了,我可能就瞒不下去了。"

---

[1] 特指樱花盛开后,花瓣凋落而绿叶初放,樱树花叶参差之时。

"干吗要让同学安慰你呢?"银平提高嗓门。

"我见了恩田肯定会哭的。昨天回家,眼泡都肿了,花了好些工夫用水浸凉。要是夏天,用冰箱里的冰块倒也方便,可现在……"

"哪有那么多舒服的事。"

"我太痛苦了。"

"让我瞧瞧眼睛。"

久子顺从地转过头来,她用眼睛看着银平,但那眼神更像是主动叫银平盯着自己的眼睛。银平感念着久子的肌肤,默然不语。

银平在同久子建立这种关系之前,曾经打算向恩田信子了解一下久子的家庭内情。据久子所言,她和恩田无话不说。

然而,银平觉得这位恩田同学很难接近,要是问起久子的事,又怕她看透自己的用心。恩田成绩优秀,但很有个性。有次在课堂上,银平讲读福泽谕吉[1]的《男女交际论》:

---

[1] 福泽谕吉(1835—1901),日本近代著名启蒙思想家,庆应义塾大学的创立者。

"有这样一句川柳[1]：'走出两三百米，男女成夫妻。'例如，丈夫旅行，媳妇依依难舍；媳妇生病，丈夫对她深情看护。可是公婆见了难以接受，说是违背自己的意愿。这个世界并非没有这种奇谈怪论。"

女学生们听了都哄堂大笑，唯独恩田没有笑。

"恩田同学没有笑欸，"银平问，恩田没有回答，"恩田同学，你不觉得好笑吗？"

"我不觉得好笑。"

"即使自己不觉得好笑，看到大家都笑了，不是也会笑的吗？"

"我不愿意。即使可以和大家一起笑，但也可以不跟着笑，安静等大家笑完啊。"

"强词夺理，"银平绷紧面孔，"恩田同学不觉得可笑，大家是否觉得可笑呢？"

教室里鸦雀无声。

---

[1] 一种富于幽默意味的俳句。

"不觉得可笑，是吗？这是福泽谕吉在明治二十九年[1]写的，战后的今日读起来如果不觉得可笑，那倒是个问题，"银平继续说下去，中途突然冒出个坏主意，问道，"有人见过恩田同学笑吗？"

"我曾经见到过。"

"我见到过。"

"她经常笑。"

同学们踊跃回答，笑得很开心。

银平后来想到，这样的恩田信子能和玉木久子结为最要好的朋友，或许因为久子也深藏着一种异常的性格吧。久子浑身飘溢着迫使银平跟踪自己的魔力，内心里秘藏着可以接纳银平跟踪的空间，不是吗？作为一个女人，久子刹那间触电般地战栗起来，她觉醒了！久子为他献身时，银平想到，众多的少女都是如此吗？这使得银平也一阵战栗。

1　1896年。

对于银平来说，久子或许是第一个女人。在这所高中里，他们虽说是师生关系，但与久子相爱的日子，成为银平前半生最幸福的时光。在乡下，父亲活着的时候，幼小的银平曾经钟情于表姐弥生。那确实是纯洁的初恋，但年龄未免太小了。

然而，银平没有忘记，那是九岁或十岁的时候，他因做了一个关于鲷鱼的梦而受到表扬。故乡大海那暗淡深沉的波涛之上，飘浮着一只飞艇。望着望着，原来是一条大鲷鱼。鲷鱼从海里跃出水面，长时间浮在空中。不止一条，到处都有鲷鱼从海浪中跳跃起来。

"哇，好大的鲷鱼啊！"银平呼喊着，他醒了。

"好梦，幸福之梦，银平要交好运了呀！"众人都在传说。

前一天，弥生送他一本画册，里面附有飞艇的绘画。银平没见过真实的飞艇，然而，那时候已经有了飞艇这东西。在大型飞机普及的如今却没有了,银平的飞艇和鲷鱼之梦也成为过去。银平曾自己解梦,觉得比起发迹,更像是将来他和弥生成婚的征兆。可银平没有发迹,他即使不丢掉高中语文教师的饭碗,将来也不可能在社会上出人头地。他不像梦中那条壮美的鲷鱼,他既缺少从人海里飞跃而起的力量,也缺少浮游于人头之上的天空的力量,到头来注定沉沦于幽暗的波底。与久子共燃黑暗的欲火后,幸福日短,转瞬跌落。正像银平警告久子的那样,泄露给恩田的秘密,会像索命鬼一样大肆报复。恩田的告发,后果非常严重。

自那之后,银平上课时再也不瞧久子一眼,任总是不由自主望向恩田,这令他很苦恼。银平把恩田叫到校园一隅,对她时而哀求,时而威胁,要她严守秘密。恩田对银平的憎恶,比起正义感,更多是出自直观的纠罪感。尽管银平一再表明爱的尊贵。

"老师很肮脏。"恩田冷不丁冒出一句。

"你才肮脏。听到别人的秘密,又传给另外的人,还有比这更肮脏的事情吗?难道你的肚子里塞满了鼻涕虫、蝎子和蜈蚣吗?"

"我没向任何人泄露过。"

可是不久,恩田就给校长和久子的父亲写了匿名信。听说是"寄自蜈蚣"。

后来,银平只能按照久子选择的场所赴会。久子父亲战后购置的住宅昔日还是郊区,而战前那座位于山手的房子已是一片废墟,只剩一道残破不堪的钢骨混凝土围墙。久子害怕被人看到,喜欢在这道围墙里同银平幽会。这块旧城街衢的废墟上建起了大大小小的房舍,战火焚毁后的空地已经难得一见。既没有废墟的阴森和危险,又是被人遗忘已久的安全地带。高高的荒草足以遮蔽两人的身影,还能使女学生久子觉得仿佛回到自家里一样安然。

久子很难写信给银平,银平也无法给她写信,不好从家里和学校打电话,也不便托人捎口信。同久子的联络通道全都断绝了。银平只好在空地上的钢骨混凝土围墙内侧,用粉笔写点什么,久子来了就能看见。他们约定写在高墙下部，隐没于荒草丛中，不使别人看到。当然不可写得太具体，只是标明希望见面的日期和时间的数字，起到秘密告知的作用。有时候，银平也来看久子写了什么。久子定下约会的时间，可以发快信或打电报，要是银平，就得提早将日期时间写在墙上，之后再来看久子是否写下应诺的暗号。久子受到监视，夜间很少能出来。

银平在奔驰出租汽车中第一次看见桃红色和水蓝色的当天，正是久子约他的日子。久子躲在墙边的草丛中等着他来。

"从这道围墙的高度，看得出你的父亲非常无情啊。墙上头还嵌满碎玻璃，倒插着铁钉。"有一回银平曾这样对久子说起。从周围新建的平房里，窥视不到围墙内的情景，即使唯一那座才建好的二层洋馆，按照新的设计很低矮，从楼上探出身子看，庭院的三分之一也都被遮住了。久子知道这些，所以她才紧贴着墙边。大门似乎是木质的，没有烧毁。因为不是出售的地皮，一般不会有好事者来这里。午后三点左右也能在这里幽会。

"啊,刚从学校归来。"银平一只手摸摸久子的头,蹲下身子,两手捧起她苍白的面孔凑了过去。

"老师,没有时间了。家里人是计算了放学回家的时间的。"

"明白。"

"因为有《平家物语》[1]的课外讲读,我说希望留下,家里人也不允许。"

"是吗,等得很久了?腿脚发麻了吧?"银平把久子抱在膝头。久子羞于白天的光亮,主动滑坐下来。

"老师,这个……"

"什么,钱?做什么呀?"

"偷来的,给。"久子闪着明亮的眸子。

---

[1] 镰仓时代军事小说。传世本十二卷,另加《灌顶卷》一卷。作者和成书年月皆未详。内容以平家兴亡为中心演绎故事,通篇以佛教无常观为基调,运用和汉交混之文体记叙而成。

"两万七千元。"

"你父亲的钱吗?"

"是母亲那里的。"

"我不要,马上就会被发觉的,还是快送回去吧。"

"要是被发觉,我就一把火把房子烧了。"

"简直就像蔬菜店的阿七姑娘[1]……为了两万七千元,而焚毁价值一千万元以上的住宅,哪里会有这样的人呢?"

"这是母亲瞒着父亲积攒的钱,不会把事情闹大的。我也是经过再三考虑才决心偷来的。既然偷出来了,再放回去,反而有点可怕。哆哆嗦嗦的,一定会被人发觉。"

银平从久子手上收取偷来的钱,眼下却不是头一回。这并非受到银平的指使,而是久子自己

---

[1] 相传江户本乡蔬菜店主的女儿阿七为躲避天和二年(1682)的大火,于寺院避难时同小和尚相恋。回家后,为了再次约会一心打算放火,后因事情败露而遭受火刑。故事收入井原西鹤通俗小说《好色五人女》中,同时也被改编为净琉璃、歌舞伎等古典剧目搬上舞台。

的主意。

"不过,老师我啊,反正不愁吃喝。有个叫有田的公司经理,他的秘书是我学生时代的同学,他时常叫我为那位经理代写演讲稿。"

"有田先生……?那人叫有田什么?"

"有田音二老人。"

"哎呀,那个人是我要转去的学校的理事长啊……我父亲就是托有田先生帮我转校的啊。"

"是吗?"

"理事长在学校里的讲话,也是桃井老师您代写的吗?我一点也不知道。"

"人生就是这样。"

"是的呀,明月一出来,我就想,老师也在看着月亮吧。刮风下雨的日子,我就老是惦记着,老师的住处会怎么样呢。"

"听秘书说,那位姓有田的老人,受到一种奇怪的恐惧症的折磨。他叫秘书转告我,起草演讲稿时,尽量不把关于妻子和结婚的事写进去。我以为,这是在女子高中学校里的演讲,自然要提及这类事。有田理事长演讲途中,恐惧症没有发作过吧?"

"没有,我没看到过啊。"

"是嘛,毕竟是在众人面前。"银平独自点点头。

"恐惧症发作,会是什么样子呢?"

"各种情况都有。我们也有可能。我发作一次给你看看?"

银平说罢,抚摸着久子的胸脯,闭上了眼睛。此时在他面前,浮现出故乡的麦田。农家姑娘骑着裸马打麦田对面的道路通过。女子脖子上围着洁白的手巾,结子系在下巴前。

"老师,勒住我的脖子吧。我不想回家了。"久子热切地小声说。银平一只手抓住久子的脖子,他对自己的行为大吃一惊。他又加上另一只手,试着量一量久子脖颈的粗细。银平的两手轻柔地伸进久子脖颈后面,指尖相互触及。银平让钱包从久子的胸前滑落进去。久子猝然缩紧胸脯,躲着身子。

"把钱拿回家吧……一旦干出这种事，你我都成了罪犯。恩田同学不是也把我看作罪犯告发了吗？她不是在信里写着吗？有着那样见不得人的事，又会撒谎行骗，肯定有重大前科……你最近有没有见过恩田同学？"

"我不见她，她也没来信。我不认识那种人。"

银平好一阵沉默。久子为他将尼龙包袱皮摊开铺在地上，这样反而透来泥土的寒凉，周围弥漫着青草的香气。

"老师，请你继续跟踪我吧。跟在我身后，不让我知道。最好是放学的路上。这次要去的学校远一些。"

"在那扇豪华的大门前，装出突然发现我的样子，然后，你红着脸闪进铁门内，眼睛瞅着我，是吗？"

"不，我会让你进去的。家里很宽阔，不会被看到。我的房间也有藏身的地方。"

银平一时燃起烈火般的喜悦。终于得手了。但是，银平却被久子的家人看到了。

后来的漫长岁月使得久子和银平渐渐疏远，但在被牵狗少女的男友推下土堤之后，银平望见桃红的晚霞，不由悲哀地呼唤着"久子，久子"回到了公寓。土堤的高度是银平身高的两倍，他的肩头和膝盖都摔成了青紫色。

翌日傍晚，银平不由得再度沿着银杏林荫路的高坡走去见少女。那位清纯的少女，对于银平的追踪一点也不在意，银平自然也不会伤及她什么，不是吗？犹如对空中飞过的大雁悲号，仿佛在那里目送闪耀的似水时光。银平不知明日的命运，即便那位少女，也不会永远美丽。

然而，银平昨天同男学生搭讪，已经被他记住，所以不能在银杏街道树的坡道上转悠了，似乎也不可停留在学生等待少女的土堤上。林荫路树下的人行道和往昔的贵族宅第之间有一条水沟，银平决定躲藏在沟里。假若被警察问起，也可佯装醉酒后跌落或被暴徒推倒而摔伤了腰腿。借口醉酒比较方便，为了蓄积酒气，他喝了点酒出门了。

沟底很深，昨天看清楚了。进去一看，又深又宽，两侧整齐地砌成石墙，底部也铺着石板。石缝里长着杂草，去年的落叶在此腐烂。将身子紧贴着人行道一侧的石墙，便不会被登上笔直坡道的人发现。躲了二三十分钟，银平真想啃住墙上的石头不放呢。盛开在石缝里的紫堇花悦人眼目，银平一下子靠过去，将紫堇花含进嘴里，用牙咬碎，吞进肚里。难以下咽。银平差点哭出声来，他还是强忍住了。

昨日的少女今天依旧牵着狗，出现于坡下。银平摊开两手，抓住石头一角，身子紧贴着石墙，微微抬起头颅。他两手发抖，感到石墙似乎就要崩塌，胸间的心跳撞击着石墙。

少女仍然穿着昨日的白毛衣，下身不是裤子，而是胭脂红的裙子，还穿着一双上好的鞋子。纯白和胭脂红飘浮于林荫路的绿叶丛中，渐渐走近了。当通过银平头顶时，少女的手已经在他眼前。白皙的手臂自腕子至肘部越发艳丽。银平从下边仰视着少女清纯的下巴，"啊"的一声闭上双眼。

"来了，来了。"

昨日的学生在土堤上等着。这里约莫相当于坡道中间的地方，从沟底望过去，沿着土堤行走的两个人，膝盖以上的身子浮动于青草丛中。银平等待少女归来，一直等到日暮，少女再也没有通过坡道。或许是学生同少女谈及昨日碰上奇怪的男人，让她避开这条道路了吧？

后来，银平几度徘徊于银杏荫路的斜坡，久久躺卧在土堤上的青草丛中，都未能见到少女。夜间，少女的幻影也将银平引诱到这条坡道上来。银杏的嫩叶很快长成一簇簇繁密的绿叶，迎着月光，姗姗树影印在柏油路上，黑黝黝的林木遮盖头顶，威严地压迫着银平。他想起了一件事，在内日本的故乡时，夜间的黝黑海面迅速变得可怕起来。于是他急忙跑回家去。沟底传来小猫的叫声。银平停住脚步窥探，没有发现小猫，只模模糊糊看见一个箱子，里头似乎有什么东西在蠕动。

"原来如此，这里倒是丢弃小猫的好地方。"

有人把刚生下的整窝小猫全都装进箱子，扔到沟里来了。一共几只呢？哀鸣，饥饿，死去。他将这些小猫比作处境相似的自己，特意倾听小猫的叫声。然而，自那夜以来，少女再也没有出现于坡道上。

萤火大会将要在距离那条坡道不远的护城河边举办。这条新闻六月就早早刊登在报纸上了。河面上有出租的游艇。银平坚信，那位少女必然要来观赏萤火。她牵狗散步，说明她家就住在附近。

母亲村庄的湖泊也是有名的赏萤地。母亲带他看过。银平还捉了萤火虫放在蚊帐里陪自己睡觉。弥生也这样干过。隔扇敞开着，相邻房间挂着弥生的蚊帐，两人争着数谁蚊帐里的萤火虫更多。萤火虫四处乱飞，数起来很困难。

"阿银真狡猾，一直都很狡猾。"弥生坐起身来，挥舞着拳头。

不久，她开始用拳头捶敲蚊帐，蚊帐摇晃着，停在蚊帐上的萤火虫飞走了。因为捶在纱帐上软绵绵的，弥生更显急躁，每次舞动拳头，连带着膝盖也跳了起来。弥生身穿元禄袖的短裾浴衣，卷到膝头以上。就这样，她的膝盖渐渐向前挪动。弥生蚊帐的下缘，向银平这边鼓胀出一个奇怪的形状。弥生仿佛变成一个罩着蓝色蚊帐的女妖。

"这回该是小弥生多了，看后边。"银平说道。弥生转过头来。

"肯定是我的多呀。"

弥生的蚊帐摇晃着，里面的萤火虫全都在飞舞发光，看起来实在很多，无可争辩。

银平至今还记得，弥生当时的浴衣印染有大十字碎白花纹。然而，和银平同蚊帐的母亲，都做了什么呢？对于弥生的吵嚷一言未发吗？且不说银平的母亲了，同弥生一起睡的弥生的母亲也没有斥责她吗？弥生的小弟弟也该是睡在她身旁的。对于银平来说，除了弥生，再没有其他人的记忆会浮现于脑际。

即使是现在，银平也时常回忆起母亲娘家湖畔那夜间闪电划过的幻景。那道闪电几乎照亮整个湖面，旋即消隐。闪电消失过后，岸上就有萤火交飞。有时，他偶尔也会把湖岸的萤火看作幻景的延续。但要说萤火是附属，那也有些奇怪。不过，闪电出现的季节大体是流萤交舞的夏天，或许，因此才有附属于闪电的萤火。银平没有将萤火的幻景当作死于湖中的父亲的幽魂，但闪电在夏夜湖面消逝的瞬间，也并不令人心情愉快。每当看到如梦似幻的闪电，银平都不由心头一惊，位于陆地上的这片深广的水面纹丝不动，欻然呈现出夜空的光明。银平仿佛从中感受到自然的妖灵、时间的悲鸣。闪电遍照湖水，恐怕是幻影作祟，现实中并不存在。银平对此也很清楚。然而，一旦被那道巨大的闪电击中，天空瞬间的光明或将照亮身边的整个世界，犹如他初会表情生涩的久子一样。

　　后来，迅速变得大胆的久子让银平大惑不解，或许这就像被闪电击中了一样。银平受久子引诱，偷偷潜入她家，成功藏身在久子香闺之中。

　　"真的好宽阔啊，都不知可以从哪里逃走了。"

"我会送你的,从窗户也能出去。"

"这是二楼吧。"银平胆怯起来。

"可以用我的腰带缒下去。"

"没有狗吗?我讨厌狗。"

"没有狗。"

久子早已用一双炯然明亮的眼睛,瞭着银平说道:

"我不可能和老师结婚。我只希望老师在我房间里,同我在一起,哪怕一天也好。我不愿意一直躲在草丛里。"

"说起草丛啊,除了草丛的意思外,如今还用作冥府、坟墓之类的意思呢。"

"是吗?"

久子也不大在意了。

"我语文教员的职务也被解除了,还谈这些干什么……"

不过,曾有这样一位老师在,总是不好,是个可怕的世间。一个女学生居住的西式房间,竟然如此华美豪奢,银平受到此种气氛的抑压,最后沦落为一个被流放的罪人。从久子转校后的校门到她的家门,跟踪而至的银平也大不一样了。首先,久子虽然对银平的跟踪心知肚明,但又必须佯装不知。再说,久子已经是被银平抓在掌心里的女人,既然这些巧妙的游戏与企图是出于久子的要求,银平也乐得接受。

"老师,"久子突然握紧银平的手指,"是吃晚饭的时候了,请等我一下。"

银平揽住久子接吻。久子希望银平久久地吻她,身体的重量全都托付给银平的腕子了。银平必须支撑久子的体重,他为此使出一些气力。

"我去吃饭,老师要做些什么呢?"

"哦,你有相册吗?"

"没有。相册和日记本都没有。"久子仰望着银平的眼睛,摇摇头。

"你也不怎么爱回忆小时候的事情。"

"那很无聊嘛。"

久子没有擦拭嘴唇就出去了。她和家人同桌吃饭时会带着一副怎样的表情呢?银平发现墙壁上遮着帷幔的低凹处,是小小的盥洗台。他小心翼翼打开水龙头,认真地洗了手和脸,漱漱口。他很想洗洗那双丑脚,于是脱下了袜子,抬起腿来,却很难将脚伸到久子洗脸的地方。再说,洗过的双足也不会变得好看,还不是使他再次认识到那份丑陋来吗?

倘若久子不为银平做三明治,他们的幽会也许不至于暴露。使用银盘将整套咖啡器具端进屋里,未免也过于大胆了。

敲门声连续响起。久子似乎早有预料,她主动问道:

"是妈妈吗……?"

"是的。"

"我有客人,妈妈,不便开门。"

"谁呀?"

"老师。"久子低声而断然地回绝了。刹那间,银平蓦地站立起来,仿佛陶醉于疯狂的幸福之火中。要是他手里握着手枪,也许会从背后向久子开火。子弹贯通久子胸膛,射中门口的母亲。久子向银平倒来,母亲向门外倒去。久子和母亲隔着门扉,两两相对,母女俩都会向后仰倒。但久子即使将要倒下,也要来个漂亮的转身,变换方向,抱住银平的小腿。久子伤口喷涌的鲜血顺着小腿肚流下,濡湿银平的脚背,使得那里又黑又厚的老皮猝然变得像玫瑰花瓣般光洁无比。脚心的皱褶舒展了,像樱贝一般柔软。猴子般细长、骨节突出而又弯曲干瘪的脚趾,经过久子温血洗涤后不久,就变得犹如服饰模特的手指,漂亮多了。当他猛然觉察到久子不会流那么多血,银平便感觉那是自己的血液从胸前的伤口流了下来。银平仿佛被包裹于来迎佛驾驭的五彩祥云[1]中,他有些神志模糊了。这种幸福的狂想只是昙花一现。

"久子啊,她带到学校去的脚气灵,其中掺杂着女儿的血啊。"

银平听到久子父亲的声音,浑身打了个激灵。

---

[1] 佛教净土宗相信,念佛行者临死将由阿弥陀佛与诸菩萨驾祥云前来迎接,引导其前往极乐净土。

是幻听!是长而又长的幻听。银平恢复了理智,满眼都是久子面对门扉凛然而立的形象。恐怖消失了,门外寂悄无声。银平透过门扉看到被女儿斜睨着不住发抖的母亲的身影,就像一只被幼雏吃光了羽毛、赤裸着身子的老母鸡。悲惨的足音顺着走廊渐行渐远。久子大踏步走向门边,咔嚓上了门锁,一手扶着把手,回头望望银平,随即将后背猛地靠在门板上,扑簌簌流下泪来。

不用说,替代母亲前来的是父亲急促的脚步声。他嘎吱嘎吱晃动着门把,喊道:

"喂,开门!久子,开门!"

"开门吧,我要见你父亲。"银平说。

"不行。"

"为什么?只能见了。"

"我不想让老师看到父亲。"

"我不会乱来的,我又没拿手枪什么的。"

"我不想让你们见面。你从窗户逃走吧。"

"从窗户?可以,我的脚本来就像猴子。"

"穿着鞋很危险。"

"那就不穿。"

久子从衣橱里找出两三条和服腰带衬垫,连接在一起。门外的父亲越敲越猛。

"这就开门,稍等一会儿。我不会殉情的……"

"说什么?你这丫头在说些什么?"

不过,父亲似乎有所顾忌,门外暂时安静了。

久子将腰带衬垫从窗户垂下去,再把两端分别套在两只手腕上,一边用力牵拉住银平的体重,一边继续流着眼泪。银平用鼻尖稍稍蹭了一下久子的手指,顺着腰带衬垫轻轻滑落下去。本来打算凑嘴唇过去,因为看着下边,先触及到鼻尖了。他还想吻她的面颊,以示感谢和告别,但久子弓着腰,膝盖用力抵着窗下的墙壁,身体后仰,挺起胸脯,吊在窗户外的银平够不到她的面孔。一旦双脚着地,银平满含感激,拉了两下腰带衬垫,示意久子收回。第二次没有手感,借着窗户的光亮,看到腰带衬垫"唰"地掉到地面上了。

"哦,送给我啦?那就收下吧。"

银平跑出院子,挥舞起一只胳膊,灵巧地缠裹着腰带衬垫。他回头一瞧,久子似乎同她父亲一起站在自己刚脱身的窗户前边。看样子,父亲没有声张。银平像猴子一般跨越了那道雕镂着蔓苴花纹的大铁门。

有过那段交往的久子,如今已经结婚了吧?

自那之后,银平只见过久子一次。不用说,银平频繁地去久子所说的"草丛"里,即久子家原来房屋焚毁后的废墟,都不曾再见到躲在草丛里的久子,也再没有发现久子在混凝土围墙内侧写下过告示。然而,银平并不死心,就连草木枯萎后积雪的严冬,他也时常前往窥伺,永无休止。这是多么可怕的事啊!当春天再次来临,嫩草初萌,他同久子不期而遇。

不过,当时见到的是久子同恩田信子两个人。起初,银平心里很是激动,以为自那之后,久子还会时常到这里寻求银平的消息,或许因为时间不合而未能见面。但从久子惊奇的表情上,可以看出久子完全没有等待和银平见面的意思，而是前来这里同恩田相会的。她竟然同那个告密者在他们过去密会的地点相见，这到底是为什么？银平竟茫然地没有开口询问。

"老师。"久子喊了一声。恩田似乎要压倒她，同样特别大声地叫道：

"老师。"

"玉木同学还跟这种人来往吗？"银平将下巴向恩田的头顶扬了扬。两位少女共同坐在一枚包袱皮上。

"桃井老师，今天是久子的毕业典礼。"恩田睨视着银平，一副宣言者的口气说道。

"唔，毕业典礼……是吗？"银平随声附和。

"老师，打那之后，我没有上过一天课。"久子诉苦道。

"哦，是吗？"

银平心头突然一震。或许是顾忌仇敌恩田，或许是出于教师的本性，他不由得说道：

"倒也能顺利毕业啊。"

"理事长打声招呼就能毕业。"恩田回答。不知她对久子是好意还是恶意。

"恩田同学,你是才女,但请你闭嘴。"

银平转向久子:

"理事长在毕业典礼上致辞了?"

"是的。"

"我已经不再为有田老人起草演讲稿了。今天的祝辞在语调上与以往不同吧?"

"很短呀。"

"你们俩谈论这些干什么?虽是偶然碰面,不是一直也有好多话要说吗?"恩田说。

"要是没有你在场,我们有说不完的话,但也没有必要说给间谍听。你要是有话跟玉木同学说,那就趁早说。"

"我不是间谍。我只想保护玉木不受品行不端者欺骗。多亏我的告发,玉木才得以转校,虽然未能上学,但也逃过了老师的毒害。玉木于我是重要的人。不论老师对我做什么,我都要同老师战斗,玉木也很憎恨老师吧?"

"好吧，瞧我会怎么制服你！不及早躲开，会很危险噢。"

"我不会离开玉木一步。相约在这里见面的是我们俩。老师请回吧。"

"你是充当监视者角色的侍女吗？"

"我不会接受那样的差事。真肮脏，"恩田转过脸去，"久子，咱们回去吧。对于这个肮脏的人，就要怨恨他、仇视他，同他说一声'永别了'。"

"喂，我刚才说过了，我和玉木同学有话要说。我的话还没说完，你回去吧。"银平半开玩笑地抚摸着恩田的脑袋。

"脏死了！"恩田摇着头。

"可不，何时洗的头发？不要等到又脏又臭的时候再洗。否则，哪个男人都不会碰你一下的，"银平冲着气恼的恩田说道，"喂，还不快走？告诉你，我是个无赖，我可以轻易对一个女人拳打脚踢！"

"本姑娘偏偏不怕你拳打脚踢。"

"那好，"银平打算拽住恩田的手腕，回头问久子,"可以吗?"

久子用眼睛示意他可以。银平顺势拖着恩田走。

"讨厌,讨厌,你想干什么呀?"

恩田前倾着身子,她想咬住银平的手。

"哎哟,你想吻一下脏男人的手吗?"

"咬死你!"恩田只是叫喊,没有下口。

从烧毁的大门废墟走上马路,行人渐多,恩田直起腰杆走路。银平紧紧抓住她的一只手腕不放,叫住了一辆空车。

"这是个逃离家门的女儿,拜托了。家里人在大森车站前等着呢,快把她拉到那里去。"银平胡诌一通,抱起恩田就向车里塞。接着,从口袋里掏出一张一千元的钞票扔到驾驶台上。车子开走了。

银平回到围墙内侧,看到久子依旧坐在原来的包袱皮上。

"我说她是离家出走的女儿,抛进出租车里了。把她送到大森,花了一千元。"

"恩田要报仇的,她还会向家里写信告状。"

"写着'寄自蜈蚣'吗?"

"不过,也可能不会。恩田想考大学,她来劝我一同去。她想做我的家庭教师,想让父亲给她出学费。恩田的家境不好……"

"所以才来这里见面的吗?"

"是啊,过年时,她多次来信,说很想见面。我不想叫她到我家来,便回信告诉她,我会出席毕业典礼。恩田就在校门口等我了。不过,我也想到这里看看。"

"打那之后,我不知往这里跑过多少趟啊!下雪的日子也不例外……"

久子脸上浮现出可爱的酒窝,她点点头。看到这位少女,谁会想到,她和银平还发生过那种关系。银平本人也透着几分"毒牙"的痕迹吧。

"我相信老师会来的。"久子说。

"街上雪化了。这里的雪还堆积着,因为墙很高……再加上道路除雪,看来都堆到这里了。大门内变成一座雪山。在我眼里,就成了我们两个爱的障碍。我觉得雪山下似乎埋葬着婴儿。"银平最后说出一句奇怪的梦呓,他顿时闭上了嘴。久子用不带一丝云翳的眸子望着他,点了点头。银平慌忙转换了话题。

"这么说,你和恩田同学都上大学了?什么专业?"

"很没意思。女人上什么大学……"久子不当回事地回答。

"那时候的腰带衬垫,我还珍藏着呢。是给我作纪念的吧?"

"是我一松劲,脱手掉下去了。"她依旧有些不当回事。

"受到父亲的斥骂了?"

"不准我单独出门。"

"你不能上课,这个我也不知情。要是早知道,不如乘着暗夜,从窗户进去了。"

"我也时常半夜里从窗口望着庭院。"久子对银平说。然而,在久子被禁止独自外出的这段日子里,她似乎回归为一位清纯少女了;而银平业已萎顿，仿佛失去了熟知和把握这位少女隐秘心理的本领。他有些进退两难。即使银平在恩田空出的包袱皮一端坐下来，久子也毫不避忌。久子身穿一件崭新的藏蓝色连衣裙，蕾丝衣领十分美丽。或许是为了出席毕业典礼吧。她身上散发着幽幽香气，或是近来巧妙而又隐秘的淡妆，银平看不出来。银平轻轻将手搭在久子的肩膀上。

"咱们去个地方吧。两人远走高飞，住到寂寞的湖畔去，怎么样？"

"老师，我已经决定不再见您了。今天能在这里看到老师，我很高兴。就把这当作最后一次吧。"久子的语调并非拒人于千里之外，而是一派沉静。

"要是哪一天非见老师不可，我会千方百计去找您的。"

"我将沉沦于人世底层。"

"老师要是去上野的地下通道走走，我也可以去那里。"

"现在去吧。"

"现在不去。"

"为什么?"

"老师,我受伤了,还没有康复呢。等我恢复元气,倘若依然眷恋着老师,我会去的。"

"哦……?"银平感到腿脚都麻了,"我懂了。你还是不进入我的世界为好。被我拖出来的人,最终也将被封存在内心深处,否则会很可怕。我将在与你无缘的另一个世界,一生思念你、感谢你。"

"我要是能把老师忘记,我就尽量忘记。"

"对,这就好。"银平强调道,感到一阵刺骨的悲凉。

"那么,今天就……"他声音在发颤。

想不到久子点了点头。

坐在车子里,久子依然沉默不语。不一会儿,她那张若无其事的脸上,两颊涨红,双眼紧闭。

"睁开眼看看吧,有恶魔。"

久子蓦地睁大双眼,似乎不是在看恶魔。

"好寂寞啊!"银平说道。他用嘴含住久子的睫毛。

"还记得吗?"

"记得。"久子凄然的低语,击穿了银平的耳膜。

打那之后,银平再也没见过久子。他多次到那片烧焦的废墟上徘徊。不知何时,门口围上了一道板墙,刈除了杂草,平整了土地。过了一年半或两年,修缮开始了,建起一座小型住宅,不像是久子父亲的居所。是否卖给了别人?银平一边倾听木匠刨木的美妙音响,一边闭上眼睛,停住脚步。

"再见了。"他向远方的久子说道。他想,自己在这里同久子交往的回忆,若能为住在这座新宅里的人带来幸福就好了。刨木的声音在银平的脑海里一派欢然。

这座似乎已经过手给他人的"阴暗的草丛",银平已经不再来了。实际上,久子结婚后住进了这座新居。银平又怎能知道呢?

出租游艇的护城河萤火大会,银平的"那位

少女"必定前来观赏。银平的信念颇为可怕。这将成为他们的第三次相遇。

萤火大会举办五天左右,其间,银平没有错过町枝出现的那个夜晚。银平大概接连几天都到场了,但关于萤火大会的消息是在大会开始两天后才见诸报端。倘若少女是受晚报的启发来到这里,那就不能说明银平的预感多么灵验。银平把那份晚报装进衣袋出门了,心中早已充满看到少女时的情思。他似乎无法用语言形容那双细长清炯的眼眸,只得用两手的拇指和食指,横斜于自己的眼睛上边,描画着清净活泼的小鱼的形状。他一边走,一边反复做着这动作。他听到了天上的舞曲。

"来世我也会投生为拥有美足的年轻人。你像现在这样就可以了。让我们二人跳一曲白色芭蕾吧。"银平自言自语着自己的理想。少女的衣裳都是古典芭蕾舞裙的白色,衣裾翩翩飞扬。

"人世间竟然有如此美丽的少女。唯有好家庭　才能养育出那样的少女,那种美也只能存在于十六七岁之前吧。"

在银平看来,那位少女的美是短暂的。含苞待放时高贵的芳馨,已由眼下的少女们消弭于所谓"学生"这团尘埃之中了。那位少女的美艳,究竟经过何物之清洗,凭借何种手法,才会从内里散放出一派亮丽?

游艇码头也贴出"八点开始放飞萤火虫"的告示。东京六月,黄昏约莫七点半到来。在那之前,银平一直在护城河的渡桥上徘徊。

扩音器反复呼叫着:

"乘船的人请拿号等候。"

萤火大会十分热闹,仿佛是在为租船公司招揽游客。萤火虫尚未放飞。桥上的人群只能茫然张望着下河乘船的人或往来于水上的游艇。只为等待一位少女的银平,显得很活跃,小船和人群都没有进入他的眼帘。

银平还两次去看了银杏坡道,甚至想躲进那条沟里。他想起上回躲避的情景,将手搭在石墙上,暂时蹲了一会儿。萤火大会的傍晚,这条坡道依然有行人。听到脚步声,银平立即下了坡道。脚步声一次次连续响起,银平再没有回头。

他来到坡下的十字路口,遥望着萤火大会热闹的场景。只见桥对面的街灯在低空里闪亮,汽车头灯在道路上摇曳。啊,眼看就要见到她了!银平心潮激荡,不知为何,他没有拐向护城河,而是直接过桥向对面走去。那里就是居民街。追逐银平而来的脚步声自然都走向萤火大会方向。然而,脚步声仿佛在银平脊梁上贴了一张黑纸。银平将腕子绕到身后。黝黑的纸上有一个红色的箭头。箭头指向萤火大会会场。银平挣扎着想去掉背上的黑纸,但手指够不到那里。他腕子疼了,关节响了。

"您不往箭头的方向走吗?我给您把箭头撕下来吧。"

是女子的亲切声音,银平转过头去。背后没有一个人走来。从居民区街道去大会会场的人们,一个劲儿向银平涌来。响起了女广播员的声音。银平听到的那些话像是广播剧里的声音,不可能来自女广播员那里。

"谢谢啦!"银平对着虚幻的声音挥一挥手,轻轻迈动脚步。银平思忖着,不知为什么,人总有瞬间释然的时候。

桥畔有萤火虫商店,一只五元,一笼四十元。护城河上还没有流萤交飞。当银平向对岸走去,抵达桥中央前,才发现河面的塔楼上悬挂着一只大萤笼。

"放吧,放吧,快放吧!"

孩子们不断喊叫。他这才明白,打开塔楼上的萤笼,就宣告着萤火大会的开始。

两三个男子登上塔楼。塔楼下方,游艇群集,重重叠叠。也有人手持捕萤网和竹枝登船,桥上和岸边的人堆里也有拿着网子和竹枝站在那里的,捕萤网都装着长长的柄子。

过桥之处,也看到了出售萤火虫的小贩。

"对岸是冈山产的,我这里是甲州产的。对面的萤虫体小、纤细。虫的种类完全不同。"听到这话,银平走了过去。这边的萤虫一只十元,是对面的一倍。一笼装有七只，售价百元。

"请拣大个的，给我装十只。"银平说着递过去两百元。

"都是大个的，七只，另外再加十只，对吗？"

萤贩子将胳膊伸进大棉布口袋。潮湿的布袋内侧，明灭闪烁着隐弱的光亮。小贩一次抓捕一两只，另放入筒状的萤笼里。萤笼很小，银平看不出已经装入了十七只，提到眼前观看。萤贩子"乎"地吹一口气，笼中的萤虫全部发出了光。小贩的唾沫星子溅到银平的脸上。

"不再装十只进去，它们就太孤独了。"

萤贩子又数了十只装进萤笼里。此时，腾起了孩子们的欢笑声。银平受到了水沫的袭击。自塔楼撒向天空的萤虫像即将熄灭的焰火，无力地降落下来，临近水面前，也有萤虫挣扎着横空飞翔，但都被游艇上的游客捕入网中或竹枝上。萤虫合起来不到十只，争抢的网子和竹枝都浸在水里，又是一阵喧骚。游人们抖动着先前打湿的竹枝，水珠洒到岸边观众的头上。

"今年的萤虫因为天冷，不太肯飞了。"有人说。看来每年都要举办这种活动。

或许还要继续放飞吧？可是没有。

"萤虫放飞到九点为止。"对岸的游艇码头上传来广播员的声音。塔楼上的两三个汉子一动不动。参观的人群静静等待着。传来了划桨的声响。看样子，有些人不单是来观看萤火大会的。

"早点放飞不好吗？"

"不能早放，一旦开笼，放完就结束啦。"大人们说。

银平提着装有二十七只萤虫的萤笼，他有的是萤火看，为了避免再次溅到水珠，他离开河边退到后面，背靠着岗亭前的树木。一旦离开人群而立，就容易看清桥上的情景。岗亭里，青年巡警温和圆润的脸孔几乎毫无戒备地面向护城河方向，银平待在一旁，有一种奇妙的安心感。在这儿，不大会错过那位少女的芳踪。

不一会儿，塔楼上又继续撒放萤虫了。说是继续，其实是一握十只投放，可能因为不太好抓，或者有意留出适当时间。赶集的观众蜂拥过来，每次要大家返回原处，就会引起高声喧闹，银平和巡警都不得悠闲。众多的萤虫降落下来，状如垂柳，虽然飞不远，但偶尔也有萤虫高升而去，还有的向渡桥方向飞去。桥上的男女老幼自然都聚集在建有塔楼的一侧，重重叠叠。银平在人群后面边走边找。站在栏杆外手持捕萤网等待的儿童也不少，他们竟能不掉下去。

人们蜂拥而来，挤作一团。那些人人喧闹欲得的萤虫，果然会如此失魂落魄地飞翔吗？银平想起了在母亲故乡湖畔看到的萤火。

"喂，萤虫停在头发上啦！"

桥上的一名男子冲着塔楼下的游艇喊道。那位头发上停着萤虫的姑娘，没有想到是自己。同一艘游艇上的男子顺手抓住了那只萤虫。

银平看到了那位少女。

少女两只手臂搭在桥栏杆上，俯瞰着河面。她穿着白棉布的连衣裙。少女身后重叠着人群，通过人与人之间的缝隙，只能窥见少女的肩膀和半张脸孔。银平没有看错人,他后退两三步,悄悄地走过去。少女只顾遥望萤火飞舞的塔楼,没有心思回头看后边。

估计不是一个人来的,银平凝视着少女左侧的青年,胸口似乎被人捶了一拳。不是同一个人,不是在土堤上等待牵狗少女且把银平推下土堤的那个学生。一看背影便知。他穿着白衬衫,没有帽子和外衣,看来也是学生。

"从那之后,仅仅两个月。"银平想象着少女多变的爱心,犹如突然踏毁鲜花般令人惊讶。少女的爱恋,同银平对少女的一腔深情相比较,不是显得更加难以捉摸吗?虽说观看萤火未必要和恋人一起,但银平总觉得,她和那个男友之间发生了什么事。

银平插入从少女数起第二人和第三人之间,两手抓住栏杆,侧耳倾听。又撒放萤虫了。

"我想逮只萤虫送给水野君。"少女说。

"萤虫多带阴气,不适合探望病人。"学生说。

"睡不着的时候看看,也很好嘛。"

"那会很寂寥的。"

银平知道两个月前的那个学生生病了。他想把脸伸到栏杆前,但又怕被少女认出来,只好从后面对着她的侧影略作瞭望罢了。少女稍稍高起的一束秀发,从结子到发梢,微波荡漾,美丽整齐。在银杏树坡道上时,头发梳得反而更加随意。

桥上没有电灯,光线昏暗。和少女同行的学生,比前一个学生显得更加文弱,无疑是同学。

"这回去探病,也要聊一下萤火大会吗?"

"今晚的事……?"学生反问自己,"我要是去,可以谈谈町枝同学的情况,水野会很高兴的。要说提到两人观看萤火,水野就会想象满天飞舞的萤火虫。"

"我还是想送他一只萤虫笼。"

学生没有回答。

"我不能去看他,心里很难过。请水木君向他详细说说我的情况吧。"

"我平时一直给水野讲,他很理解。"

"水木君的姐姐请我们去上野观赏夜樱时,她对我说,'町枝姑娘,你真幸福啊'。其实,我很不幸福。"

"姐姐要是听说你不幸福,她会十分惊讶的呀。"

"那我就吓吓她……?"

"噢。"

学生扑哧笑了。他改换话题说:

"打那之后,我再没见过姐姐。让她觉得,有人天生就是幸福的,不好吗?"

银平看透了,这位姓水木的学生,也很向往这位町枝。银平还预感到,即使那位姓水野的学生痊愈,他和町枝的爱情也将会破裂。

银平离开栏杆,悄悄走到町枝身后。看到那身连衣裙的布料似乎很厚实,就把吊着萤笼的钥匙状铁钩,暗中挂在町枝的腰带上了。町枝没有发觉。银平走到桥头,他回头看到町枝腰间朦胧发光的萤笼,停住了脚步。

当少女发现不知何时腰带上吊着一只萤笼,她会怎么样呢?银平纵然回到桥中央,混入人堆里窥视,也不会像用剃刀割伤少女腰肢的罪犯一样做出什么恶行,他用不着那样害怕。但他还是调转双腿,向桥后面走去。因为这位少女,银平如今才发现自己多么胆小。不是"发现",抑或说是和胆小的自己重逢。他点了点头,似乎在为那样的自己辩护。接着,他便朝着和桥相反方向的银杏树坡道颓然而去。

"啊,好大的萤虫!"

银平将天上的星星看作萤虫,一点也不觉得奇怪,反而满怀感动。

"好大的萤虫!"他又重复了一句。

他听到了街道银杏树的叶子上的雨声。听起来雨滴非常硕大,非常稀疏,就像一半化为水的冰雹,或是屋檐滴雨的声音。这是平地上没有的雨,是夜间野营于某处高原阔叶林中听到的雨。不管是什么样的高原,作为夜露的滴落声,也显得过多。但是,银平既无攀登高山的记忆,也无露营高原的记忆。如果说是从某个地方传来的幻听,那自然是母亲家乡的湖畔了。

"那座村庄不是高地。这样的雨声是初次听闻。

"不,这雨声似乎什么时候听到过。或许是幽深的树林里将止的雨音。比起说是空中的降雨,更像是留在树叶上的水珠大量滴落的声响。

"小弥生呀,这样的雨,淋湿了会很冷的。

"哦,那位少女町枝的恋人,或许到高原野营,淋了这样的雨而病倒了吧?眼下魔雨洒在银杏树上的声音,正是姓水野的学生的怨恨。"银平自问自答。他听到未降的雨声,可以自由发挥想象。

银平今天在桥上,知道了那位少女的名字。假如昨日町枝或银平其中一个人死了,银平最终将不会知道她的名字。哪怕仅仅记住町枝的名字,也是很大的缘分。那么,银平为何远离町枝所在的渡桥,前来攀登没有町枝的坡道呢?不过,他在前往萤火大会的途中,也无意中两度来到这条坡道察看。见到町枝后,理应再一次通过这条坡道。少女留在桥上的幻影,正走过这条银杏树坡道。她手提萤笼去探望病中的恋人。

银平只是想这么做看看，虽说没有任何目的，但将萤笼挂在少女的腰带上，也是想在她身子上点燃自己心灵的火焰，其后便可看作是他感伤的表现。不过也可以认为，少女很想送萤虫给病人，为此，银平才悄悄将萤笼赠给了少女。

雪白的连衣裙腰带上缀着萤笼，去探视病中的恋人。攀登银杏树坡道的梦幻少女，淋着梦幻的雨滴。

"唔，就算作为幽灵，也很平凡哪。"银平在自嘲。倘若町枝如今同那位姓水木的学生待在桥上，那么，她也应该同银平一道待在这条黑暗的坡道上。

银平撞到土堤上了。他想登上那道土堤，不巧一条腿抽筋了。他顺势抓住一簇青草。青草稍稍潮湿了，那条腿还没有疼得不能爬动，他便爬上了土堤。

"喂。"银平叫了一声，站起身来。他爬行之地的下方，有个婴儿随着他爬行，就好像爬行在镜子上。银平似乎同地下的婴儿合掌相接，那是死人冰冷的手掌。银平慌了，他想起某地温泉场的妓馆，浴池底部就是镜子。即将登上土堤时银平才发现，这里正是他在第一次跟踪町枝那天，被她的恋人水野大骂一声"混蛋"后从土堤推落的地方。

町枝曾在土堤上对水野说，她看到五一节的红旗打对面的电车轨道通过。银平望着一辆都营电车从那电车轨道上缓缓驶过。电车窗内的灯光掠过夜间繁茂的枝叶。银平一直凝神注视着。土堤上再没有幻想的雨声。

"混蛋！"银平叫了一声，从土堤上滚落下来。他自己无法滚落得漂亮。当他落到柏油马路上的时候，一只手抓住了土堤上的青草。他爬起来，一边嗅着那只手上的青草气息，一边沿着土堤下的道路走去。婴儿在土堤的泥土中，始终跟着银平走来，简直使他受不了。

银平的孩子不但去向不明，甚至生死未知，这成了他人生的一大不安。银平坚信如果孩子还活着，一定会在什么时候遇到。然而，银平并不知道,那是自己的孩子,还是其他男人的孩子。

学生时代的银平,住在私人旅馆。一天傍晚,门口有个弃儿,留条上写着"银平君的孩子"。这家的老板娘大吵大嚷,银平既不惊慌,也不羞愧。一个为命运所迫、即将走上战场的学生,不可能突然拾起弃儿加以养育。何况孩子的母亲是妓女。

"这是恶作剧,大妈。我逃走了,她想报复。"

"您是因为她有了孩子逃跑的吗,桃井君?"

"不,不是。"

"那为什么逃跑?"

他没有回答。

"可以把婴儿还给她,"银平俯视着旅馆老板娘抱在膝头的婴儿,"就请寄养些时候,我把那个同谋犯叫来。"

"同谋犯,什么同谋犯……?桃井君,该不会要丢下婴儿逃走吧?"

"我一个人不好去还。"

"什么?"老板娘怪讶地跟着银平走到门口。

银平叫来恶友西村，但婴儿已经由银平抱着了。丢弃孩子的人是银平的相好，这是没法子的事。他把婴儿裹在大衣里，下边扣上扣子，行动很困难。婴儿在电车里哭闹，乘客们望着这位大学生奇怪的样子，都善意地笑了。银平也露出一副滑稽相，一边羞涩地笑着，一边揭开大衣的前襟，使婴儿露出头来。这时，银平只好低着头，无可奈何地瞧着婴儿的小脑袋。

东京已经遭到第一次大空袭，在平民区那场大火之后，妓馆街不再栉比鳞次。银平他们趁着四下无人，把婴儿放在小巷某户人家的后门，爽快地逃走了。

银平和西村有了同谋犯的经验：一起从那栋房子爽快地逃离。因为参加战时义务劳动，学生都有胶皮底袜子和帆布鞋等破烂货。他们扔下这些东西逃出了妓馆。他们没有钱，逃得很爽快。就像在逃离自己的耻辱。鞋子脏了，哪怕义务劳动正在进行当中，银平和西村也会意味深长地对视一眼。他们每想起丢弃破鞋子的垃圾场，心里就感到一阵快活。

纵然逃走,妓馆也会来传票。不光是督促付钱。不久,银平等人要去前线,前途叵测,再没必要隐瞒住址和姓名了。学生们因为应征入伍而成了英雄。公娼和被公认的私娼,大都被征用或参加义务劳动,银平所享乐的对象是暗娼之类。娼家的组织和纪律已经松懈,其中很可能飘荡着一种变相的人间情态,娼妓们也大多畏惧战时的严罚并且显得极为卑贱。银平他们不考虑这些。作为青春的冒险,爽快的逃离似乎也为对方所容忍。银平等人也豁出性命,三番五次反复逃匿,竟成了习惯。

把婴儿丢在小巷人家,给他们的逃离行为添上了最后一次。时令是三月中旬,第二天的晴天丽日过后,下午开始下雪了,入夜雪就已经积得很厚。但不必担心丢在小巷里的婴儿会冻死,因为总会有人拾起来抱走的。

"幸亏是昨夜啊。"

"是昨夜真是太好啦。"

为着这件事，银平踏雪来到西村所住的私人旅馆。妓馆方面毫无消息，婴儿去向不明。

然而，自打最后一次爽快逃离之后，七八个月未去的小巷人家，是否丢下弃儿时仍是妓馆呢？银平带着这样的怀疑走上战场。不管是不是原来的妓馆，重要的是与银平相好的那个女人，亦即婴儿的母亲是否还在那里。暗娼妊娠生产后还会待在妓馆吗？因为有了孩子，妓女的生活秩序被打乱，出现了变相的人情世态，每天都感受着异常的紧张和麻痹，从前娼妓所能获得的产妇的照顾，也大都没有了。

被银平舍弃的那个孩子，开始成为真正的弃儿了，不是吗？

西村战死了。银平活着回来了，竟然干起教师来了。

他在妓馆所在的那条街道的废墟上徘徊，他累了。

"喂，不要恶作剧！"银平为自己大声地自言自语而猛然一惊。这是对那个妓女说的。妓女将婴儿丢在银平住宿的私人旅馆门口，那既不是她自己也不是银平的孩子，而是借来了同伴不要的孩子。她似乎被人看见，人追上去抓住了她。

"如今西村没了，要不然可以问问他，这孩子像不像自己。"银平再次自言自语起来。

那孩子明明是女孩子，但令银平苦恼的是那孩子的幻象，不知怎的，弄不清性别。而且，大多时候的幻影里，孩子都死去了。可是银平清醒的时候，一直认为那孩子还活着。

幼童用浑圆的小拳头用力捶打银平的额头。父亲俯看着，她就继续打他的头颅。似乎记得有过这样的事。那是什么时候啊？那也是银平的幻象，并非现实。孩子要是活着，如今已经不会是幼童了。这种事今后也不会再有了。

萤火大会的夜晚，银平走在土堤下的道路上，随他在土中而行的孩子也是婴儿，而且同样弄不清性别。尽管是婴儿，却辨不出是男是女，一提起这个幼童，就仿佛觉得是个没有眼耳鼻舌的、圆乎乎的妖怪。

"女的,女的。"银平一边嘀咕,一边小跑。他来到商店鳞次栉比的亮堂堂的大街上。

"香烟,请给我香烟!"

在转过街角的第二家商店前,银平喘息着呼喊道。一头白发的老婆子走出来。虽说是老婆子,但他也不确定性别。他放心了。然而,町枝遥远地消失了。要使自己依然觉得她待在这个世上,银平似乎需要付出相当的努力。

银平似乎变得空洞、缥缈而又虚幻,阔别已久的故乡飘浮到他眼前。比起离奇暴毙的父亲,他首先想起美貌的母亲。然而,比起母亲的美丽,父亲的丑陋在他心中刻下更鲜明的印记。正如比起弥生的美腿,他更先看到的是自己的丑脚。

在湖岸上,弥生想采摘野茱萸的红果,却被刺破了小手指,渗出了血滴。当时,她一边吮吸着血滴,一边斜睨着眼睛瞅了瞅银平。

"阿银为何不给我采摘茱萸果呢?阿银猴子似的双脚,同您家父亲一模一样。您不是我家的血亲。"

银平简直气疯了,他真想把弥生的两腿拽进荆棘丛中,但又不敢触及她的腿脚。银平露出牙齿,打算咬住弥生的手腕。

"瞧,一张猴子脸,喊——"弥生也露出了牙齿。

土堤地下的婴儿之所以紧跟着银平,也一定是因为看到银平的双脚像野兽一样丑陋。

银平没有察看那个弃儿的腿脚,因为他根本不认为会是自己的孩子。银平既自虐又自嘲地想到,要是看到脚形和自己相像,那就是是自己的孩子的最好证据。但尚未踏上这世界的双脚,不都是柔软而可爱的吗?西洋宗教画中众神周围飞翔的幼童们的脚就是如此。当这双脚踏越人世的泥沼、荒岩和针山时,就会变成银平那样的脚。

"不过,那孩子要是幽灵,就不会有脚。"他嘟咕着。幽灵没有脚,这是谁规定的象征呢?银平历来认为,自己的伙伴很多。他从自身的双脚考虑,它们踏上的或许已经不再是这个世界的泥土了。

银平在灯火明丽的大街上徘徊,将一只手掌向上拢成圆形,仿佛要接受上天降下的美玉。这个世界最美的山峦不是林木苍翠的高山,而是布满火山岩和火山灰的荒凉高山。被朝夕的阳光浸染着,五颜六色,万紫千红,同朝霞和夕晖的天色一般多彩又多变。银平必须背叛一直向往町枝的自己。

"老师要是到上野地下道走走,我也可以去那里。"银平想起久子的话来。这预言是爱的宣誓还是别离的告知?那条地下道现在怎么样了?银平来到上野。

确实,这里也寂寞荒疏起来了。地下通道的一侧只有一排久居的流浪汉,有的仰躺着,有的蹲伏着。有的拾荒者将背上的筐篮放在枕头旁边,也有的铺着空的炭袋和草席。那些有着大包袱皮的人,情况似乎好一些,一副往昔流浪汉惯有的姿态。他们对于行人毫不关心,连瞟一眼都不肯,也不在乎自己被人瞧看。现在就入睡,那是令人艳羡的早寝。一对年轻夫妇睡得很香,女人枕着男人的膝盖,男人伏在女人的背上。夫妻团伏而眠,即便是乘在夜班车上,也很难做出这种姿势。给人的感觉,恰似一对小鸟夫妇,将头插入彼此羽翼,酣然入梦。约莫三十岁了吧,在这个年龄的夫妇中倒很罕见,银平站着看了一会儿。

地下阴湿的潮气,混杂着烤鸡串和煮杂烩的香味。银平钻进悬挂在混凝土洞口的门帘,喝了两三杯烧酒。足跟后面闪现出印花的裙子,掀开幔帘,站着一个男娼。

即使打了照面,那个男娼也一言不发,只顾使眼色。银平逃离了,逃得并不爽快。

银平瞅了一眼地面上的候车室,这里也笼罩着流浪者的气息。车站人员守在门口。

"看一下车票。"银平听到一声吩咐。进入候车室也要看车票,太少见了。候车室墙外边,也有一些流浪汉般的人,或茫然站立,或蹲伏在角落。

银平走出车站,思忖着男娼的性别,误入后街,碰见一位足登长筒靴的女人。一件稍显脏污的白色罩衫，外面套着掉色的黑裤子。半是男装。洗后缩水的罩衫里，前胸不见鼓起。黄色的脸孔晒得黧黑，没有化妆。银平回头看看。自打擦肩而过时，表情就意味深长的女子冲着银平走来，并尾随在他身后。有过跟踪女人经历的银平，遇到这种情况，仿佛脑后长了眼睛，这双眼睛越发活跃起来。女人究竟出于何种目的尾随他呢？银平脑后的眼睛也看不出来。

当初银平跟踪玉木久子，从铁门前逃离，走到附近闹市区时，用站街妓女的说法是"谈不上什么跟踪"。银平只是曾经有过这样跟踪的经历。但眼下这个女子，从装扮上说不是妓女，长筒靴上沾着污泥。那些污泥不是湿的，似乎是几天前沾上的，一直没有剥落下来。长筒靴倒是蹭得发白，显得很陈旧。没有下雨，却在上野一带穿长筒靴走路的女子会是什么人呢？这女子的一只脚或许残废了，或者很难看，穿长裤是为了遮掩吗？

银平自己那双丑陋的脚浮现于眼前，另一双更加丑陋的女人的脚尾随其后。想到这里，他忽然停止脚步,打算让女子走到前边去。可女子也止步了。于是,双方闪现出相互探询的眼神。

"找我有什么事吗?"女人先开口了。

"我倒想问问你,你不是在跟踪我吗?"

"是您先给我使眼色了。"

"是你对我使眼色。"

银平一边说一边思忖,刚才同女子擦肩而过时,自己是否向她发出过什么像是暗示的眼神,确实是女子的眼色更意味深长。

"你的打扮在女人中很新奇,我只是瞧了一眼。"

"说不上什么新奇。"

"你怎么回事啊?我对你使眼色,你就跟过来了,是吗?"

"因为您是个让我很在意的人嘛。"

"你是什么人?"

"我什么也不是。"

"你一定有什么目的,才盯上我的……"

"我没有盯着您,只是跟着走罢了。"

"唔。"银平再次瞧着女子。未涂口红的嘴唇黑得怕人，可以窥见金牙。看不出多大年龄，将近四十岁的样子。单眼皮的眼睛似男人一般干涩而底色犀利，似乎瞄准着对方。而且，一只眼睛纤细，晒黑的脸皮紧绷绷的。银平感到了一种危险。

"好的，到那里去吧。"说罢，他顺势抬手轻轻触摸着女子的胸脯。确实是女性无疑。

"你干什么？"女子抓住银平的手。她的手心很细柔，似乎不曾劳作过。

验证一个人是否为女性，对于银平来说，也是第一次。明知道她是女人，还要亲自用手摸一摸。银平奇妙地放下心来，甚至感到这女子很可爱。

"好的，就到那里去吧。"他又说了一次。

"那里，到底是哪里呀？"

"这一带，难道没有一家可以让人轻松些的酒馆吗？"

为了寻找一家可以带着异样装扮的女子出入的酒馆，银平又退回到灯火明丽的大街，走入一家煮杂烩料理店。女子跟在后头。煮杂烩的铁锅周围，坐席形如半个"口"字，另一边摆着桌子。坐席上几乎坐满了顾客，银平在门口附近的餐桌旁就座。通过宽阔入口的幔帘下，可以窥见过路行人的胸。

"喝烧酒还是喝啤酒？"银平问。

银平对这位生就一副男人骨骼的女子没有什么想法，也明白不会有什么危险，更没有什么目的，这让他心情很快活。喝烧酒还是喝啤酒，则一任听她的。

"我喝烧酒呀。"女子回答。

除煮杂烩以外，这家店似乎还能做些简单的菜肴。一列写着品名的菜单排列在墙上。全由女人点菜。银平看到女子的厚脸皮，将这个女子看作是专为不良人家拉皮条的。要是那样，他也能接受下来。不过，银平没有说出口。也许女方将银平看成了危险人物，所以才没有勾引他吧？或者，对银平具有亲近感才跟来的吧？总之，女子似乎也将当初的目的全都舍弃了。

"人的一天很奇妙,不知道会发生些什么。跟素不相识的你也喝上了酒哪。"

"可不是吗,素不相识。"女子趁着干杯的酒劲说道。

"今日这一天,同你一块儿喝过酒,就算结束了。"

"是结束了呀。"

"今晚就从这儿回家吗?"

"回家。孩子一个人等着我呢。"

"都有孩子了?"

女子连连喝了好几杯,银平摆出一副望着女子饮酒的姿态。

萤火大会上看到那位少女,在土堤上受到婴儿幻影追逐,这会儿又和偶然相遇的女子共饮,银平很难相信这都是一夜之间发生的事。然而,之所以不可置信,定是因为女子很丑陋。萤火大会见到美丽的町枝是一场梦幻,廉价酒馆偶遇的丑女成为现实。但是,银平也想到了,他是为寻求梦幻的少女才同这个现实的女子对饮的。这女子越丑越好。这样一来,更凸现了他内心町枝的容颜。

"你为何穿着长筒靴呢?"

"临出门时,想到今天要下雨。"女子明快地回答。银平被长筒靴内女子的双足所引诱,一心想一睹为快。倘若女子的脚很丑陋,那倒很适合充当银平的对手。

随着烧酒下肚,女子的丑相越发显露。她一眼大一眼小,小的眼睛越来越小。她用那只小眼睛暗送秋波,摇摆着肩膀倾斜过来。银平抓住她的肩膀,她也没有躲避。银平感到抓住了一把骨头。

"瘦成这样,怎么行啊?"

"有什么办法啊,一个女人拖个孩子。"

听女子说,她和孩子两人在后街租房子居住。十三岁的女儿正在读初中。丈夫战死了。具体什么情况,不得而知。有孩子似乎是真的。

"我送你回家。"银平反复说。女子点点头。

"家里有孩子,不行呀。"女子最后认真地

说。

　　银平和女子本来并肩对着厨师方向而坐，不知何时，女子改换成和银平相向而坐了。她显得软绵绵的，似乎要瘫倒在地上。看样子，这身子就任银平处置了。银平似乎走到了世界尽头，悲戚不已。虽不至于此，但也许因为今天是见到町枝的晚上吧。

　　女子饮酒的样子也很怪，每次用铫子加酒，都要看银平的脸色。

　　"再喝一杯吧。"银平最后说。

　　"会走不动的。行吗？"她说着，将手支撑在银平的膝盖上，"再来一瓶，请倒在杯子里。"

　　杯子里的酒，从唇边滴滴答答地流出来，溅到桌面上。阳光灼黑的脸上又黑又红，泛着紫色。

　　出了杂烩馆子，女子缒着银平的臂腕，银平抓住女子的手腕。出乎意料地温婉柔腻。他们遇见了卖花姑娘。

　　"买一束鲜花吧。回去送给孩子。"

　　但是，女子却把那束鲜花寄放在晦暗街角的

中华荞麦面摊上了。

"大叔,拜托了,马上回来拿。"

放下花后,女子又醉态复萌。

"我呀,好多年没有男人了。没法子,不走桃花运哪。"

"嗯,还算好嘛,没办法。"银平勉强地应和着。他对带着女子一起走路的自己感到厌恶。只是那个想见女子长筒靴内的丑足这一诱惑在作怪。不过,他像是已经看到了。虽然女子的足趾不像银平一样似猴子,但肯定形态丑陋,脚皮黑且厚。银平一想到自己和她一起伸裹光脚的情景,不由恶心得直想呕吐。

到哪儿去呢?银平暂时听任女子的主意。走进后街,来到小小的五谷神祠堂前,紧邻就是廉价的情人旅馆。女子犹豫了一下。银平将缠在身上的女子的手松解下来,女子倒在道路旁。

"孩子在家等着,快回家吧。"银平离开了。

"混账,傻瓜!"女子大喊,不住拾起祠堂前的小石子扔过来,有一颗击中了银平的踝骨。

"好疼!"

银平瘸着腿脚行走,心里感到很窝囊。他在町枝的腰带上系了萤笼,为何不马上回家呢?他回到租住的二楼,脱去袜子,踝骨有些红肿了。

睡美人

其一

旅馆的女人叮嘱江口老人,不要恶作剧,不准将手指伸进睡着的女孩子嘴里。

楼上只有两个房间,即和江口正和女人说话的八铺席大小的房间相邻的卧室。看起来,狭小的楼下没有客厅,也没有挂招牌,谈不上什么旅馆。再说,这家店为了保密,门口或许也不敢亮出招牌来吧。店里悄无声息,自打江口老人从上锁的门口被迎进来,他所见到的人,只有眼下这个还在说话的女人。她是这家旅馆的老板还是女侍,初来乍到的江口根本搞不清。总之,作为客人似乎还是不要多问为好。

女人约四十五六岁,小个儿,声音很年轻,看来是故意装出一副缓慢的语调。说话时薄薄的嘴唇似张非张，几乎没有动，也不看对方的脸。一双黝黑的眸子，不仅闪耀着能使客人放松警惕的神色，还具有女性那种毫无戒备的、习以为常的沉着冷静。桐木火钵上架着铁壶，水烧开了，女子用开水沏了茶。不承想在这等地方能尝到如此品质、现场调配的煎茶，这使得江口老人心情舒畅起来。壁龛里挂着川合玉堂[1]的山间红叶图，显然是复制品，却也显现出一派晴暖的山乡风景。这间八铺席房间并未有什么异样。

"请您不要将女孩子叫醒，不管您怎么叫她，都不可能使她们睁开眼来……女孩在沉睡，什么也不知道，"女人又重复一遍，"一旦睡熟，自始至终，什么也不知道，或许连自己跟谁睡都……您不必顾虑。"

江口老人满心疑惑，但没有说出口。

"都是漂亮的姑娘啊！来这里的也都是些可

---

[1] 川合玉堂（1873—1957），日本画家。本名芳三郎，别号偶庵。初学四条派，后师事桥本雅邦，学狩野派。以稳健而富有诗情的风景画开一代画风，作品有《彩雨》等。

以放心的客人……"

江口没有回头,而是将目光投向手表。

"几点了?"

"快到十一点一刻了。"

"都到这时候了啊?老年人都喜欢早睡早起,您请自便……"女人起身,打开通往相邻房间的门锁。她用左手,或许就是个左撇子。女人开了锁,江口屏住呼吸跟着她。女人只把头向门那边倾斜,瞅了瞅室内。女人一定早已习惯这样窥探邻室了。她的背影本没有什么特殊,但在江口眼里,却显得有些奇怪。腰带的太鼓结上绘有诡异而硕大的鸟纹,不知是什么鸟。为何要给这种经过装饰化的鸟画上写实性的眼睛和脚爪呢?当然也不是什么可怕的鸟,但因为花纹粗劣不精,这只鸟使得女人的背影添了几分阴森。腰带的底色是近乎白色的淡黄。邻室晦暗不明。

女人照旧关好房门,但未上锁,钥匙就放在江口面前的桌子上。她仿佛从未察看过邻室似的,语调也没什么变化。

"这是钥匙。您早点休息吧。要是睡不着,枕头旁边有安眠药。"

"有没有洋酒?"

"啊,这里不备酒。"

"来点安眠酒也不行吗?"

"嗯。"

"姑娘在邻室?"

"她睡熟了,等着您呢。"

"是吗?"江口有些不解。那姑娘是何时进入邻室的?又是何时入睡的呢?女人拉开门缝窥视,是为了确认姑娘睡着了没有吗?江口早已听熟悉这座旅馆的老人们谈起过,姑娘熟睡待客,而且一味不醒,但他到这里一看,反而有些难以置信。

"在这里更衣吗?"女人准备帮他换衣服,江口沉默不语。

"听到海浪的声音了。也起风了……"

"是海浪吗?"

"您休息吧。"女人说罢就走了。

只剩下江口老人一个人,他环顾一下这间平

凡无奇的八铺席房间,接着,目光停在通往邻室的房门上。那是三尺宽的杉木门,似乎不是建房时就有的,而是后来安装的。仔细一瞧,想必是为了专辟这间"睡美人密室",将原先应为隔扇的隔板变成了墙壁。壁板的颜色同周围固然和谐,但看起来很新。

江口拿起女人放下的钥匙,是一把极简单的钥匙。江口拿着钥匙本打算到邻室去,但他没有动身。女人先前提到的海浪声很大,听起来似乎扑打着悬崖。听那涛声,让人感到这幢小楼仿佛就建在悬崖边上。风传来冬天将至的消息。江口之所以觉得风声似是冬季,也许因为这座小楼,也许因为老人的心境。其实,只要有个火钵,就不会觉得冷。这块土地气候温暖。风不像是能够吹掉落叶的强度。江口深夜来到这座房舍,虽然看不到周围的地形,但能嗅到海的气息。钻进大门,房舍内庭院轩敞,生长着好多巨大的松树和枫树。狭小而晦暗的天空中密布着强劲有力的黑松叶。说不定这里从前就是别墅。

江口手中握着钥匙,点燃一支香烟,只吸了一两口,剩下好长一截,就掐灭在烟灰缸里。紧接着又点了第二支,悠悠地抽了起来。他嘲笑自己内心轻轻的骚动,更感到一种强烈的空虚。平素,江口就寝前会稍稍喝点洋酒,但睡得很浅,时时做噩梦。有位患癌症而死的年轻女歌者,她于难眠之夜吟了一首和歌:"夜晚为我准备的东西,就是蛤蟆、黑狗和溺死鬼。"江口一记住,就无法忘掉。如今想起这首歌来,他仿佛觉得,睡在隔壁房间的,不,那个陷入昏睡的姑娘,不就是"溺死鬼"吗?去还是不去,他犯起了犹豫。虽然他不知道姑娘因何而沉睡,但总之是堕入了一种极不自然的、不省人事的昏睡之中。或者因药物依赖而肌体青灰,眼圈发黑,形销骨立,枯瘦如柴;或者是肥嘟嘟、冷冰冰,浑身浮肿的姑娘;或者凸显出可厌的紫黑而污秽的牙龈,发出轻微的鼻息。江口老人六十七年的生涯中,当然有过同女人共显丑态的夜晚。而且,那种难堪的情景反而不容易忘却。那不是丑在容颜,而是来自女人的不幸生涯。江口到了这把年纪,不想再增添一次同女子的丑陋幽会,他一到这座房子里来,就有了这个想法。然而,一个老人整夜躺在一个昏睡不醒的姑娘身旁,还有比这更加丑陋的事情吗?江口不正是为了寻求这种极端的老丑之态,才到这家旅馆来的吗?

女人说"可以放心的客人",是的,来这里的都是"可以放心的客人"。告诉江口这家店的也是这样一个老人。一个已经不再是男人的老人。看来那个老人认定江口也进入了相同的衰落期。这家店的女人,恐怕因为伺候惯了这样一些老人,所以对江口既没有投以怜悯的目光,也没有显露出试探的神色。但是,由于江口老人一直出入于花街柳巷,虽然尚不属于女人所说的"可以放心的客人",但也可以成为这样的人。这取决于他当时的心情、场所还有对象。在这一点上,他已为衰老丑陋所逼,距做客这家旅馆的老人们那种悲惨境遇已经不再遥远。到这里来看看,也只是这种心理的表现。因此,江口根本不想打破这里老人们丑恶或可怜的禁忌。只要不想打破,就可以不打破。这里或许可以称作秘密俱乐部,但老人会员很少,江口既不是来揭露俱乐部的罪孽,也不是来扰乱俱乐部的秩序的。他的好奇心不是很强烈,恰恰显示了迈入老境的悲惨。

"有的客人说睡眠时做了美梦,也有的客人说想起了年轻时候的事。"江口老人想起女人刚才的话,脸上也没有现出苦笑,他一只手扶着桌子站起来,打开了通往邻室的杉木门。

"啊。"

江口叫了一声,他看到了深红的天鹅绒帷幕。那颜色在昏暗中显得更加幽深,帷幕前边似乎有一层薄薄的光亮,仿佛踏入幻想之境。帷幕垂挂于房间四方,江口进来的杉木门本应藏于帷幕后,但帷幕的一头正收拢在那里。江口上了锁,放下帷幕,俯视着睡梦中的姑娘。她不是装睡,他确实听到了沉重的鼻息。姑娘难以想象的美丽,使得老人一时喘不过气来。意想不到的不光是姑娘的美貌,还有姑娘的年龄。她面朝左侧横卧着,只露出半张脸孔。看不到她的身子，约莫不到二十岁。江口老人的胸中仿佛有一颗异样的心脏在飞翔。

姑娘的右手腕露在被子外头，左手似乎是斜斜地伸在被子里。那只右手倚着睡颜放在枕头上，半根大拇指隐没在面颊下边。睡眠中的指尖显得很柔软，稍微内曲，但并未弯曲到连指根的可爱凹陷都看不出来的程度。温热的血色顺着手背流向指尖，愈趋浓艳。这是一只柔滑而素洁的手。

"还在睡吗？起来吧。"江口老人这样说着。似乎为了摸一摸那只手，他把它握在手心里，试探地轻轻摇动着。他知道姑娘是不会醒来的。他握着那只手。她究竟是怎样一位姑娘呢？他望望她的脸。姑娘的眉间没有化妆引起的过敏痕迹，闭合的眼睫毛也很整齐。姑娘的秀发散发着芳香。

片刻之间，涛声听起来渐渐高扬，那是因为江口的心被姑娘夺去了。然而，他决心换衣服。这时，他才发现屋内的光线是从上面照射下来的，抬头一看，天花板上开着两个采光口，透过日本纸，电灯的光线布满全屋。是深红的天鹅绒适合这种光线，还是天鹅绒的颜色将姑娘的肌肤映衬得如梦似幻呢？心中忐忑的江口也冷静地思索了一下，这些都比不上天鹅绒映在姑娘脸上的颜色。他的眼睛虽然习惯了这座屋子的光线，但对于总是睡在黑暗里的江口来说，这里显得太明亮了。不过，天花板上的灯似乎关不掉。他还看到床上是质量上乘的羽绒被。

江口害怕惊醒不大可能会被惊醒的姑娘，静静滑进被窝。姑娘似乎一丝不挂。她对于老人的进入，没有什么感觉，既没有收紧胸脯，也没有蜷缩腰肢。即使睡得再熟，对于一个少女来说，总会有些敏感的反射性动作。但这或许是世间不常有的睡眠，江口反而伸长了身子，有意避开触碰到姑娘的肌肤。由于姑娘膝盖稍稍向前屈曲，江口的腿脚很拘束。江口即使看不到，也能揣摩出来，俯向左侧睡眠的姑娘采取的不是右膝叠放于左膝前的保守姿势，而是右膝向后，尽量伸展开右腿。朝左睡的肩膀角度和腰肢角度因胴体的倾斜而不相同。姑娘的个儿好像不很高。

江口老人刚才握着姑娘的手晃了晃,发现姑娘连指尖都沉眠了,依旧保留着江口放下时的形态,一动不动地搁在枕畔。老人拉了拉自己的枕头,姑娘的手就从枕头的一端滑落下来。江口将一只胳膊支在枕头上,注视着姑娘的手,嘴里嘀咕道:"简直就像一只活生生的手。""活生生"本来无可怀疑,那是一种充满爱意的自言自语。然而,一旦说出口来,这句话就会留下可怖的余韵。沉睡中一无所知的姑娘,她生命的时间尽管并未停止,但也丧失了意识,一直沉沦于无底之底,不是吗?活着的人偶并不存在,所以也谈不上变成了活着的人偶。不过,为了使早已不是男性的老人不至于泛起可耻的念头,她被造就成了活着的玩具。不,不是玩具,对于这样的老人们来说,或许就是生命本身,说不定就是可以安心触碰的生命。在江口的老花眼看来,近旁姑娘的手更加柔软、美丽了。触之颇为滑润,看不见细密的肌肤纹理。

温热的血潮越是流向指尖,越是显得浓艳。老人看到姑娘的耳垂有着同样的颜色,透过头发得以窥视耳朵,耳垂的红潮,姑娘的柔嫩,都在刺激老人的心胸。江口虽说是在好奇心的驱使下,稀里糊涂地走进了这座秘密之家,但看样子,那些更年迈的老人应该是靠着更强烈的欢欣和悲戚来到了这座屋子。姑娘的秀发是自然留长的,或许是为了让老人们抚摸才把头发留长的吧。江口一边枕着枕头,一边将姑娘的头发分开,露出耳朵来。耳后的头发落下淡淡阴影,脖子和肩膀都很稚嫩。女子没有浑圆、鼓胀的肉体。老人移开视线,环顾房内,自己换下的衣服纷乱地放在箱子上,姑娘脱掉的衣服却一无所见。也许被刚才的女人拿走了吧,要不然,就是姑娘没有穿任何衣衫就进入了这个房间。想到这里,江口不由感到悚然。姑娘整个身子一览无余。其实根本不必惊悸,江口知道,就是为了这个,姑娘才被迫睡在这里的。江口将姑娘柔嫩的双肩遮盖在被子里,闭上了眼睛。姑娘的肉香飘荡之际,一股婴儿的气息扑鼻而来。那可是吃奶婴儿的乳臭,较之姑娘的体香更加甜润、浓烈。

"怎么会这样……"这姑娘该不是生了孩子,双乳鼓胀,奶水从乳头渗出来了吧。江口再次瞧了瞧姑娘的前额、面颊,还有下巴颏,一直到脖子上的少女曲线。本来光是这些就能弄明白,但他又稍稍掀开遮盖肩膀的被子瞅了瞅。他看清楚了,那不是哺乳期的体形。他又悄悄用指尖戳一下,也还没有濡湿。再说,这姑娘倘若不到二十岁,就算用"乳臭"来形容她也没有什么不妥,但不管怎么说,她的身上是不该有婴儿那样的乳臭的。事实上,她只有女人的体香。但是,江口老人此时此刻,的确闻到了婴儿般的气味。莫非是瞬间的幻觉?为何会有这种幻觉呢?他思来想去,不得其解。或许婴儿的气息是从他心灵中的虚幻缝隙里飘散出来的吧。江口这么一想,随即堕入悲凉的寂寞之中。较之悲戚与落寞,更像是老年冻结般的惨苦。面对发出青春的温暖与芳香的少女,此种感觉渐次转变为怜悯与关爱,抑或它迅急含混了寒冷的罪恶感。老人从姑娘身上感觉出音乐的鸣响,那音乐充满了爱。江口似乎想尽快逃离,他看了看四周的墙壁,全被天鹅绒包裹着,简直找不到一处出口。天花板的光线映在天鹅绒帷幕上,十分柔和,但丝毫不动,将昏睡的少女和老人深锁在屋里。

"起来吧,起来吧,"江口抓住姑娘的肩膀摇晃着,又捧起她的头,"起来吧,起来吧。"

心中涌起的对少女的感情促使江口这样做。姑娘睡着了,她不会说话,就连老人的面孔和声音也毫无所知。就是说,江口的这些作为,以及对方是江口这样一个人,姑娘都浑然不觉。但老人再也无法忍受,自己的存在丝毫不为姑娘所知晓,这一瞬间意想不到地来临了。然而,姑娘不会醒来,老人手中熟睡的头颅沉甸甸的,微微蹙着双眉,也许这就是姑娘活生生的回应和接纳。江口静静停住了手。

要是通过如此摇晃能使姑娘醒来,那么,介

绍江口老人到这里来的木贺老人所说的在这座屋子里"仿佛和秘佛共寝"的秘密，也就自然消失了。毫无疑问，对于身为"可以放心的客人"的老者来说，只有绝不会醒来的女子才是安心的诱惑、冒险和逸乐。木贺老人他们告诉江口，只有待在昏睡的女人身边，才会感到自己仍然生气勃勃。木贺来江口家里访问时，从客厅里窥见有红红的东西落在庭院中秋枯的苔藓上。

"那是什么呀？"他赶紧下去捡拾，一看，原来是木珊瑚的红色果实，三三两两地掉落下来。木贺只拾起一颗，一边在手指间摆弄着，一边谈论着这座秘密之家。木贺说，一忍受不了老后的绝望，他便到那里去。

"对所有的女人一概绝望，已经是遥远的往昔了吧？知道吗，有个地方可以为你提供昏睡不觉、总也叫不醒的女人呢。"

既不言语也不听闻的、只顾熟睡的女人，对于虽为男人但已不被女人当作对象的老者来说，果真是什么话都可以对她讲、什么事都可以听自己说的人吗？然而，江口老人确是首次接触这样的女子。无疑，姑娘已经多次经历过这样的老人。任其摆弄，对一切浑然不觉，于假死的昏睡中横卧着，露出天真无邪的面孔，发出安详的鼻息。或许有的老人无所不至地爱抚过姑娘，或许有的老人为自己号泣不止。不论是谁干了什么，姑娘都一概不知。即便是这样，江口依旧一无作为。就连从少女头下抽出手来，也是小心翼翼，犹如处理一件易碎品。同时，他又无法完全平抑那种粗暴唤醒姑娘的心情。

江口老人的手一离开少女的头下，姑娘便缓缓转了一下脸，肩头也随之而动，变成仰身而卧了。江口以为姑娘会醒过来，随即缩了缩身子。少女仰面躺着，鼻官和红唇映着来自天花板的灯光，显得既年轻又鲜丽。姑娘抬起左手，放到嘴唇附近，似乎要将食指含在嘴里，这或许是她睡觉时的癖好吧，但她也只是将食指轻轻地抵在嘴上。然而，她的口角是松弛的，可以窥见牙齿。刚才是用鼻子呼吸，现在变成用嘴喘气。她的呼吸稍稍急促了些，江口想，姑娘大概很痛苦，但好像又不是，她的嘴唇松弛，反而看起来面带笑容。波涛撞击着高耸悬崖的响声又传到江口耳边。听到那波涛退去的声响，可以知道崖下似乎有巨大的岩石，被岩石背面阻拦的海水顺流追去。姑娘用嘴呼吸，比起用鼻子呼吸更散发出一种气味来，但不是乳臭。老人不解，为何会突然觉得她有乳臭呢？也许是这味道才使人意识到，这姑娘到底是个女人。

说起来，江口老人如今也有个吃奶的外孙。外孙的模样又浮现在他眼前。三个女儿都已出嫁，各自有了孩子。不光是外孙们散发乳臭的时期，就连怀里抱着幼儿吃奶的女儿们的情景，他也没有遗忘。莫非是亲骨肉们婴儿时代的乳臭，如今又蓦然复苏，来谴责自己？不，这也许是出于江口对昏睡姑娘的爱怜，才感受到的心中气息。江口自己也仰面躺着，闭起眼睛，不想触动姑娘的身子。安眠药放在枕畔，还是吃了为好。肯定不会像姑娘那般效果强烈，无疑会比姑娘早醒，否则，这座屋内的秘密与魅惑就会崩溃。江口打开枕畔的纸包，里面包着两颗白色的药片，吃上一颗，将会如醉如痴，吃上两颗，将昏睡如死。要是这样，那也很好。江口瞧着两颗药片，不由泛起关于乳房的可厌而狂躁的记忆。

"有乳臭呢！这是奶水的气味，吃奶的孩子的气味哪！"女人一边收拾江口脱下的上衣，一边嗔怒地斜睨着江口，"您自家的婴儿吧？您出门前，又抱过婴儿了，是不是？"

女人颤动着手背："啊，真可气！真可厌！"她站起来，扔掉江口的西服。"这可不行啊，临出门，干吗还要再抱婴儿呢？"她的声音很可怕，神色更加咄咄逼人。她是他熟悉的艺妓。她虽然明明知道江口既有妻子又有孩子，但江口身上沾带的婴儿的乳臭，使得那个女人心生嫌恶，醋意大发。江口和这艺妓的关系从此变淡了。

那位艺妓厌恶的气味，正是江口身上带来的小女儿的孩子的乳臭。江口婚前也有过情妇，由于姑娘的父母管得严，偶尔幽会一次，二人都激情如火。有一次，江口刚一抬起头，发现姑娘乳头周围渗出薄薄一层鲜血，江口大吃一惊，可也显得若无其事，然后温存地贴过脸去，将鲜血舔干净。意识朦胧的姑娘，对此毫无觉察。一切发生在狂放与激情之后，纵使他对姑娘说明白，姑娘似乎也不觉得疼痛。

两种回忆如今浮现出来，也实在不可思议，那已经是年代久远的往昔了。那时的记忆潜藏其中，所以不大可能从目下昏睡的姑娘身上忽然感到乳臭。尽管已经年代久远，但细想想，人的记忆与回想也许只有新旧之分，而无远近之别。比起昨天的事，六十年前孩提时代的事，反而感觉鲜明清晰，历历难忘。老了，更是如此。况且，童年时代的诸事，造就人的性格，有时会引导一生，不是吗？说起来也许很无聊，"男人的嘴唇，几乎可以从女人身上任何地方吮出血来"，第一次对他说这话的就是那个乳头周围渗血的姑娘。在她之后，江口虽然极力避免让女人出血，但那姑娘的赠言鼓舞了男人的一生，至今也没有被年满六十七岁的江口忘记。

还有更加无聊的事呢,江口年轻时曾经听到某家大公司董事的夫人,即一位人到中年、交际广泛、被人夸赞贤惠的夫人告诉他:

"我每晚睡觉前总是闭起眼睛数数,算算有多少男人同我接吻又不会使我厌烦。我可是掐着指头数着啊!挺好玩的。要是少于十个,那也太叫人失望啦。"当时,夫人正同江口一起跳华尔兹,夫人冷不丁对他如此坦白,这在江口听来意味着自己也属于那种人,即使吻她也不会令她厌烦。年轻的江口突然松开了紧握着夫人的玉指。

"也就是数数人头⋯⋯"夫人不经意地撂下这么句话,"年纪轻轻的江口君,想必睡觉时不会太冷清吧。遇到情急,将夫人拉过去就得了。不过,你也不妨偶尔试试,有时对我可有效啦!"听到夫人嘶哑的嗓音,江口没有回答什么。夫人虽然强调只是数数,但是他怀疑,数着数着,她就会在心中描画起男人的长相和身体。数到十人,要花相当长的时间,同时也会想入非非。江口猝然闻到一股刺鼻的香水味,那是稍稍过了花季年华的夫人身上的媚药气味。作为被夫人认定为接吻也不感到厌烦的男人,夫人睡前心中是如何描画他的呢?这完全是夫人的自由与秘密,同江口毫无干系,既没办法防止,也不能觉得冤枉。但不知不觉间,暗暗成为一个中年女子心中的玩物,总是使他感到窝囊。但是,夫人的话他至今不忘。夫人是无意中挑逗年轻的江口呢,还是故意奚落他,生编硬造一番呢?后来他虽说也曾怀疑过,但自那以后,夫人的话在他心里留存了很久。如今,那位夫人早已过世,江口老人对夫人的话不再怀疑。那位贤惠的夫人说不定在活着的日子里,直到临死前,还一心妄想着同上百个男人接吻的事呢。

随着年龄的老迈,江口于不眠之夜,偶尔会想起夫人的话语,也掐指计算过女人的数目。他不仅停留在那些接吻也不觉厌烦的香艳女子身上,同时也在追思那些和自己颇有交情的女人,回想同她们相处的往昔。今夜,凭借从昏睡的姑娘身上诱发的幻觉中的乳臭,过去的情妇又浮现于眼前。或者,往昔情人乳头的鲜血,蓦然使他嗅到眼前这位姑娘似有若无的气息。一边抚弄沉睡不醒的美女,一边思念一去不复返的旧时相好,抑或就是老人的可怜慰藉。不过,江口却感到一种凄清的温暖和心灵的平静。他只是轻轻摸了摸姑娘的乳头,看是否濡湿了。他并不想因乳头渗出鲜血,让比自己醒得晚的姑娘陷入惊慌失措之中,他并没有产生如此狂傲的心情。姑娘的乳房形状很美。老人在发臆想,所有的动物中,为何只有人类女性的乳房,在悠久的历史演变中,形成了如此美好的形状呢?女人的乳房变得如此美好,不正是人类辉煌历史的荣光吗?

　　女人的嘴唇看来也一样。江口老人想起那些化夜妆的女子和睡前卸妆的女子,有的拭去口红之后,唇色苍白,露出衰弱、浑浊之相。眼下,身旁熟睡的姑娘的面孔映照着天花板的柔和光线,包裹在四周的天鹅绒内,虽然看不出她睡前是否轻施粉脂,但确实不曾压翘过睫毛。唇际与唇隙闪露的牙齿发出青涩的光彩。她不大可能巧施小计,口含香料,因而只是吐露出年轻女子用嘴呼吸的气味。江口并不喜欢颜色深浓而大的乳晕,他轻轻掀起遮蔽肩头的被子向里一看,那里依旧泛着娇嫩的桃红。姑娘仰面而卧,可以紧贴胸脯同她接吻。她不光是那类接吻也不会使人厌烦的女子,像江口这样的老年人,只要可以对一个年轻姑娘为所欲为,不管付出多大代价都是值得的,可以倾其所有作为赌注。江口想,想必来到这里的老人们都曾沉迷于欢乐之海吧。老人中应该也有贪婪者,那场景在江口的脑子里也不是没有浮现过。然而,躺卧着的姑娘什么也不知道,要是那样,姑娘的脸仍会像眼前所见,既不污秽也不歪斜吗?江口之所以没有堕入恶魔般的丑陋游戏,就是顾及姑娘优美的睡姿。这位江口不同于其他老人之处,不就在于他还保留着一副男子汉的做派吗?为着其他老人的缘故,姑娘不得不堕入无底的长眠,昏睡不醒。江口老人已经两次试图轻轻地把姑娘唤醒。倘若稍有差池,姑娘睁开眼来,老人应该做些什么呢？这一点，连他自己也不清楚。这也许是他对待姑娘的一份爱情吧。不，也许是出于老人自身的空虚与畏怯。

"还在睡吗？"这句不必要的自言自语，老人还是不由自主说了出来，随之又加了一句，"总不会永远睡下去，不论是这姑娘，还是我……"每天夜间都是如此，姑娘只顾闭目沉睡，即使今晚非比寻常，明日早晨依旧会活着醒来。姑娘的食指抵着嘴唇，屈曲的臂膀成了阻碍。江口握住姑娘的纤腕，使之伸在腹胁一侧。碰巧触及她腕子的脉搏。他顺势将食指和中指压在姑娘的脉搏上。脉搏很可爱，也很有规律。鼻息沉稳，较之江口稍微舒缓一些。风，间或从屋顶吹过，不像刚才听到的那种冬日临近的音响。撞击山崖的波浪，既高亢又柔和，涛声的余韵仿佛从海上升起的音乐，在姑娘身上鸣奏。此外，再加上姑娘手腕的脉搏与胸脯的鼓动，使得老人的眼睑背后似乎有只洁白的蝴蝶合着音乐翩翩飞舞。江口放开姑娘的脉搏，于是，他不再触碰姑娘的任何地方。姑娘嘴巴的气味、身体的气味和头发的气味，并不十分浓烈。

江口老人想起自己偕同那位乳晕渗血的情人，绕道北陆，辗转私奔到京都那几天的情景。他如今回忆起来，恍如昨日，说不准就是这位清纯的姑娘身上的温馨微微传递来的缘故。自北陆至京都的铁路有许多小隧道。每当火车钻入隧道，姑娘总是感到害怕，紧贴着江口的膝头，握住他的手。当火车钻出小小隧道，总能看到小小山峦或小小海湾上架起一道彩虹。

"啊，真可爱。""啊，太美啦！"每当看到小小彩虹升起，姑娘就会高声赞叹。可以说每次火车钻出隧道，眼睛从左至右一扫，准能看到彩虹。彩虹的颜色浅淡，似有若无。她以为这些多到反常的彩虹，是一种不吉利的标志。

"我们是不是正在被追赶呢？到京都会被抓起来吗？要是被抓回去，下回就很难逃出家门啦。"刚刚大学毕业找到工作的江口明白，在京都是无法生活下去的，除非殉情，否则就只能回东京。因为看到小小的彩虹，眼前浮现出姑娘清纯而隐秘之处，总也拂拭不去。江口在金泽河畔的旅馆，看到了那块地方。那是个细雪霏霏的夜晚，青年江口面对那份美艳，一时喘不过气来，激动得几乎要流下泪来。在他其后几十年的女人身上，再未见到过那般美丽之色，自那之后他更加懂得什么才是美。看来，隐密之处的美艳，同样代表那姑娘心灵的纯洁。

"真是犯傻。"尽管他一时想笑，但那早已化作憧憬中流逝的真实，成为迈入老年的今日愈加无法撼动的记忆。他们在京都被姑娘家派来的人带回去不久，姑娘就被安排嫁人了。

当年，上野不忍池畔偶然相遇时，姑娘正背着婴儿走路。孩子戴着白色的毛线帽。那是不忍池的莲花枯萎的季节。今夜，躺在昏睡的姑娘身旁，江口的眼帘内飞舞的白蝴蝶，或许就是婴儿白色的毛线帽吧？

不忍池畔相会时，江口只说了一句："你幸福吗？"姑娘猝然回答："嗯，很幸福。"江口除了简单应和一句"是吗",做不出其他反应。"为何独自一人背着婴儿在这里漫步?"对于这句奇怪的追问,姑娘保持沉默,只是望着江口的脸。

"是男孩,还是女孩?"

"真烦人,是女孩呀。看了还不明白?"

"这婴儿不是我的孩子吗?"

"啊,不是,不是。"姑娘神色嗔怒地摇摇头。

"是吗,要是我的孩子,今天不必挑明,几十年之后,等你想说时,再对我说也不迟。"

"不是不是,真的不是。我虽然没有忘记对你的爱,但请你不要对这孩子抱有任何怀疑,这对孩子很不好。"

"是吗?"江口没有硬要看看孩子的小脸蛋,他久久目送着女子的背影。那女子走了一段路,回头瞧了瞧,看到一直望着她的江口,加快脚步,匆匆而去。从此,两人再也没有见到过。江口听说,那女子十多年前就死了。对于六十七岁的江口来说,有缘分的人或知己逝去多多,但唯独对那位姑娘的记忆鲜明、活泼。婴孩的白帽子，她美艳的私密之处，乳头的血色，尽皆绞合在一起，至今鲜丽可见。想想看吧，那种美丽无可类比，恐怕除了江口，此世无人能知。况且要不了多久，它将因江口老人的死去而从这个世界彻底消失。那姑娘十分腼腆，但她还是给江口看了，这也许就是姑娘的性格所致。无疑，姑娘自己不曾知道那种美丽，因为她看不到那里。

江口和姑娘到达京都，一大早走在竹林的小路上。竹叶承受着朝阳，光耀如银，闪闪飘动。老年之后回想起来，竹叶又薄又软，简直是银质的，竹竿也似乎是银质的。竹林一侧的田畦上盛开着蓟草花和鸭跖草花。虽说不太合乎季节，但竟现出这样一条小径来。走过竹林小径，沿着碧清的小溪溯流而上，终于看到瀑布落下，映着日光，白沫飞扬。飞沫中站着一位裸体姑娘。虽说这是不可能的，但对于江口老人，不知何时已成了事实。上了年岁之后，有时看到京都一带小山顶上成排的红松的优美树干，就会想起记忆里的姑娘。不过，很少像今夜一样，回忆起来历历如绘。抑或是来自年轻的睡美人的诱惑吧。

江口老人头脑清醒，再也睡不着了。除了眺望小小彩虹的姑娘，他不愿再去回忆别的女人。他也不想再触碰沉眠的姑娘，或直接把她整个身子瞧个遍。他俯伏而睡，再次打开枕边的纸包。接待的女人说是安眠药。究竟是何种药物呢？同她们给姑娘的药是否一样？江口有些迟疑，只拿一片含在嘴里，喝了好多水。纵使睡前饮酒，但因为平素不用安眠药，江口及早进入了梦乡。此后，老人做了梦，梦见自己被女人抱在怀里，那女子有四条腿，她用这四条腿缠绕着他，另外还有胳膊。江口微微睁开眼，朦胧中看到四条腿，颇觉奇怪，却也不感到害怕。四条腿比起两条腿来，留在身上的魅惑更加强烈。他恍惚觉得，这种药就是要让人做这样的梦。姑娘翻身向后，腰肢抵向这边。比起腰来，她向后转的头颅更加招人怜爱。江口于朦胧的美中，将手指插进姑娘披散的长发，就像要为她做一番梳理似的。江口很快睡着了。

　　随后,他对第二次梦境感到恶心。医院的产房里,江口的女儿生下一个畸形儿。若问如何畸形,醒后的老人记不清了。说是记不清楚,或许是根本不想记住吧。总之,是个重症畸形儿。婴儿立即被产妇藏起来了。可是,在产房内白色的窗帘后面,产妇正站在那儿肢解婴儿,打算抛弃孩子。江口的一位医生朋友穿着白大褂立于一旁。江口也站在那里看着。他仿佛正在经历一场梦魇,倏地清醒过来。四围深红的天鹅绒帷幕使他猛然一惊。他用双手捂着面孔,揉揉前额,这是一场怎样的噩梦啊!这间屋子的安眠药里不会藏匿着恶魔吧?或许是因寻求畸形的快乐而来,所以做起畸形的快乐之梦。江口老人的三个女儿里,梦中所见不知是哪个女儿,但他也不想考虑到底是哪个女儿。因为姊妹三个,各人都生下了身体健全的孩子。

　　江口眼下若能起身离开,也想赶快回家。但是为了进入更加深沉的睡眠,他把枕畔剩下的一片药吃了下去。冰冷的水通过食道。昏睡的姑娘和刚才一样,依旧把脊背朝向这边。这位姑娘不久也会生孩子,也有可能生下一个傻孩子、一个丑陋的孩子。想到这里,江口老人把手搭在姑娘柔软的肩膀上。

"对着这边。"姑娘似乎听到了,随后转向这边。没料到她把一只胳膊搁在江口的胸脯上,腿也伸了过来,她浑身震颤不已,像是觉得很冷。按理说,这个温暖的姑娘是不会感到寒冷的。闹不清她是从嘴里还是从鼻子里发出了细微的声音。

"你也在做一场噩梦,是吗?"

然而,江口老人早已沉入无底的梦乡。

其二

江口老人没有想过还会再来"睡美人之家"。至少在第一次入住的时候,他就不打算再来这里。到了早晨起床回家时,他也是这么想的。

江口老人打电话说当晚想去,是第一次去之后过了半个月左右。听声音,接电话的大概还是那个四十多岁的女人。电话中的语调既冷淡又低沉,更加显现所在场所的隐秘。

"您说现在就来,那么什么时候能到这里呀?"

"时间嘛,大概九点出头吧。"

"那么早,有点难办啊。姑娘还没有上班,来了也还没入睡……"

"……"老人正在发愣时,对方又说:

"十一点之前总会让她睡着的,请在那个时候来吧,我们等着您。"女人说话慢慢腾腾,老人早已迫不及待,干着嗓子抢先道:

"好的,就在那时候吧。"

虽然江口老人不是真这么想,他本打算半开玩笑地对她说:

"女孩子还没睡不是挺好的吗?睡前我可以见见她呀。"

不料这话堵在喉咙管里出不来。这些话会刺中这间屋子的秘密戒律,正因为比较奇特,所以必须严格遵守。戒律一旦被打破,这里就会变成一般的妓馆。老人们一点可怜的愿望,心中的迷梦也将消失殆尽。晚上九点,姑娘不会及早就寝,电话里说,十一点之前让她睡觉,当时,江口老人听了胸中突然热辣辣的,激动地直打哆嗦,连他自己也没有想到。或许是他偶然被诱向现实的日常人生之外而产生的感动?这些都是因为姑娘睡后绝不会醒来。

本不打算再来的这间屋子,大概半个月后又

来了。这对江口老人来说，是过早还是过迟呢？总之，他没有硬要继续抑制这种诱惑。不如说，他不愿意重复那种老丑的游戏。与那些渴望来这里的老人相比，江口并非像他们那样衰老。然而，他没有在初来第一夜里留下丑陋的记忆。哪怕明明是罪过，江口老人觉得，在六十七年的过去，他和女人从未度过过如此清纯的夜晚。早晨醒来后也一样。安眠药似乎很有效，八点醒来，比平时要晚。老人的身子没有触碰姑娘任何地方。他是在姑娘年轻、温暖而亲切的馨香之中，像幼童一样甜蜜地睁开了眼睛。

姑娘面对着这边，头颅稍稍前伸，微微含胸而卧。稚嫩而细长的脖颈至下巴阴影一带，青筋似有若无。长长的头发披散在枕头后。江口老人从她那优美地闭合着的朱唇移开视线，注视着姑娘的睫毛和眉毛。他相信姑娘是个处女，不再抱有怀疑。江口老人的老花眼由于靠得太近，对于姑娘的一根根睫毛和眉毛看得不很真切。即使用这双昏花老眼看，不见绒毛的肌肤也闪射着柔和的光亮。从脸孔到脖子，没有一颗黑痣。老人忘记了夜半的噩梦，看到如此招人喜爱的姑娘，只觉得自己就像个孩子，也正为这个姑娘所喜爱。他摸摸姑娘的胸脯，悄悄捧在掌心，心头掠过一丝奇怪的触感，仿佛这就是江口的母亲怀妊之前的乳房。老人虽然缩回手臂，但那种触感从腕子一直贯通到肩头。

听到隔壁拉开隔扇的响动。

"您醒啦？"是招待的女人在呼唤，"早饭已经准备好了……"

"嗯。"江口老人随口应和着。朝阳透过挡雨窗的隙缝照在天鹅绒帷幕上，光明灿烂。但阳光和旁里天花板上的灯光没有交织在一起。

"您可以收拾一下了吧。"女人催促道。

"嗯。"

江口撑起一只胳膊，抽出身子，一只手轻轻抚摸姑娘的头发。

老人明白了，得趁着姑娘没醒就把客人喊起来。女人不慌不忙地照顾他吃饭。姑娘要睡到什么时候呢？江口老人觉得不便多问，他随便说道：

"真是个可爱的女孩子。"

"是啊，您做了好梦吧？"

"是你们让我做的好梦啊。"

"今早风平浪静，或许是个小阳春天气呢。"女人转变了话题。

半月后再到这里来的江口老人，比起初来时的好奇，内心只是被一种强烈的愧疚、羞耻和激动占有了。九点等到十一点的焦躁，进一步化作难以排解的诱惑。

打开门锁迎接他的还是上回那个女人。壁龛里依旧挂着同样的绘画复制品。煎茶的味道和上次一样好。江口老人虽然比初来之夜更加怀有激情，却像一个熟客坐在那里。他回首看看那幅山间红叶的画，无话找话地说道：

"这一带很暖和，枫叶还没有变红就卷缩了。院子里很暗，看不清楚……"

"是吗？"女人无心回答他，"天冷了，铺了电热毯，双人用的，两个开关。由客人自己决定逗当的温度。"

"我没有用过什么电热毯。"

"要是不想用,客人可以单方面关掉,但不要给女孩子也关掉……"江口老人知道,她们身上一件衣服也没穿。

"同一条毛毯,两人可以各有各的温度,这办法真有意思。"

"是美国制造的……不过,请不要恶作剧,把女孩子一边的开关关掉。您应该明白,她们不管多冷都不会醒的。"

"……"

"今晚的女孩子比上一回的女孩子更熟练。"

"什么?"

"她也是个漂亮的姑娘。因为您不干坏事,假如不是个漂亮的姑娘……"

"和上次不是同一个人吗?"

"嗯,今晚的女孩子……换成另一人,不是更好吗?"

"我可不会出轨。"

"出轨？您说出轨，可您不是什么也没干吗？"女人舒缓的语调里，似乎含有嘲谑般的微笑，"来这里的客人，都不会干出坏事。我们只接待可以放心的客人啊。"薄嘴唇的女人不看老人的脸。江口老人惭愧得直打哆嗦，不知说什么好。对方不过是个冷血而老练的老鸨罢了。

"还有，即便您认为是出轨，但女孩子睡着了，她也不知与谁同眠。不管是上一回的女孩子，还是今天的女孩子，她们对老爷们毫不知情，根本谈不上什么出轨……"

"那倒是，到底算不上人与人之间的交往。"

"为什么呢？"

来到这间屋子之后，已经不再是男子汉的老人同被迫沉睡的少女交际，又说什么"算不上人与人之间的交往"，这话听来倒是很奇怪。

"您也可以出轨玩上一把嘛，"女人娇声娇气，对老人诡秘地笑了笑，安慰他，"您要是喜欢先前那个女孩子，下次来时我再让她陪您睡。过后，您会说还是今晚的女孩子好。"

"是吗？你说她更熟练，哪方面更熟练呢？不就是昏睡吗？"

"好吧……"

女人站起身，用钥匙打开隔壁的房门，向里瞅了瞅，随后又把钥匙放在江口老人面前：

"请吧，请休息吧。"

独自一人留下的江口，将铁壶里的开水倒进小茶壶里，慢慢喝着煎茶。他本想细细品味一番，可拿着茶碗的手不住颤抖。他暗自嘀咕："这不是因为年迈，哼，自己未必是个可以放心的客人哪！"为了替来到这间屋子后受尽诬蔑和屈辱的老人们报仇，他要打破这里的禁律。对于姑娘来说，这不也是富有人情味的交往吗？他不知姑娘到底被灌了多少安眠药，但自己还是可以凭借尚存的男性的粗野使她苏醒过来。然而，想归想，江口老人心中却无法抖擞精神。

同寻访这间屋子的可怜的老人们一样，那种老丑与衰弱，几年之后也将向江口逼近。对于不可预知的性爱之广阔、深不见底的性爱之深沉，江口六十七年的过去，他曾接触过多少呢？而且，老人们周围，女人新鲜的肌体、娇嫩的皮肉，美女丽姝，无限涌现，应接不暇。可怜老人们的无尽梦境中的憧憬、攫不住的逝去岁月的悔恨，不都笼罩在这座秘密之家的罪愆之中吗？江口老人以前也曾想过，只有长眠不醒的姑娘，才能给予老人们超越年龄的自由。昏睡无语的少女也许会对老人说说体己话呢。

江口起身打开邻室的房门，一股暖香扑面而来。他笑了。干吗那般忧心忡忡呢？姑娘伸出两只手臂放在被子上，指甲染成桃红色，口红浓艳。姑娘仰面躺着。

"熟练了吧。"江口喃喃自语。走近一看，那姑娘不光面颊潮红，毛毯的温热还使得她的脸孔充满血色，馥郁芬芳。她上睑微微鼓起，两颊丰腴。在红色天鹅绒帷幕的映照下，脖颈洁白无比。姑娘双眼闭合，看起来宛若睡眠中的年轻的艳女妖姬。江口转身离开，更衣的时候，他依旧被包裹在少女温馨的芳香里。那气味笼罩着房间。

江口老人不像对待先前那位姑娘那样拘谨了。这姑娘不论醒着还是睡着,都能自动诱惑男人。即便江口打破这间屋子的禁律,也只能认为是这个姑娘的缘故。江口仿佛等待着即将到来的欢乐,闭上眼睛,一动不动。仅凭这个,他身子底下就涌起了一股青春的热流。怪不得旅馆的女人夸奖今晚的女子好,他在想,她们怎么就能寻到这样的姑娘呢?老人越发感到这家旅馆好奇怪。老人实在不忍心触碰姑娘,只是陶醉于她的馨香之中。虽说江口不熟悉香水,但这无疑是姑娘自身的香味。进入如此香甜的睡眠,那真是无上的幸福。他也巴望能这样。老人更加小心翼翼,慢慢挨近身子。姑娘像是回应他,轻柔地转过身来,手伸进被子,似乎想抱住江口。

"哦,你,你醒啦,真醒了吗?"江口缩起身子,晃了晃少女的下巴,或许江口老人的手指太用力了,姑娘一时躲开了,脸伏在枕头上,唇角稍稍张开,江口的食指尖触及她的一两颗牙齿。江口没有收回指头,就那么放着。姑娘的樱唇也没有动一下，少女自然不是假睡，她已然堕入深眠。

江口不曾想过前一位姑娘和今夜的姑娘不是同一人。虽然他对这家店的女人发过怨言，但不用多想也可以知道，假如每晚都要给姑娘吃安眠药，想必会损害她们的身体。江口等老人之所以能够"出轨"玩上一把，也是因为姑娘们身体健康。然而，这座房屋二楼不是只能留宿一位客人吗？楼下到底怎么样，江口不得而知。但即便有供客人使用的房子，恐怕也只有一间吧。由此可知，这里为老人陪睡的姑娘并不多。那几人或许也都像江口第一夜的姑娘和今夜的姑娘一样，个个长得都很漂亮吧。

江口的手指触及姑娘的牙齿，他的指尖上似乎被少许的黏液濡湿了。老人的食指摸了摸姑娘的齿列，游走于两唇之间的空隙，来回两三次。口唇外侧本来有些干燥，流出的黏液使得那里滑润了。右侧有一颗虎牙，江口伸进大拇指，捏了捏那颗虎牙。然后，他想将指头伸进牙齿后头探查一下，但沉眠的姑娘上下齿咬得很紧，不肯张开。江口抽出指头，上面已经渗上了红色。用什么擦掉口红呢？如果在枕套上蹭一蹭，权当是姑娘趴着睡时染上的，倒也说得过去。但在蹭掉之前 得舔湿指头才能擦干净。奇怪的是，江口觉得把染红的指头放在嘴里不洁净。老人将指头在少女的刘海上蹭了蹭。当江口老人的食指和拇指指尖蹭着姑娘的头发时，他用五根指头摆弄少女的香发，将指头插进去，随后又弄得头发披散开来。他逐渐变得粗暴起来。姑娘的发尖噼噼啪啪地起了静电，传到老人的指头上，洋溢着浓烈的发香。因为有电热毯的温热，少女的芳香也从身底强烈地传过来。江口一边变换着手法抚弄少女的秀发，一边望着发际，尤其是修长的脖颈的发际，看起来犹如绘画般鲜明、优美。姑娘脑后的头发剪得很短，向上方拢得很齐。额前各处的长短头发，自然成型地耷拉下来。老人撩起额际的黑发，凝望着姑娘的眉毛和睫毛。他用一侧的手指深深探索着姑娘的头发，一直触及头皮。

"还是没有醒啊。"江口老人说。他抓住姑娘头颅正中摇动着,只见姑娘痛苦地皱了皱眉,俯伏着翻转过半边身子。这样,她的身体就更加靠近老人一方。姑娘将右臂放到枕头上,右边半个面孔搁在手背上。这姿势只能使得江口看见指头。小指抵着眼睫毛,手指徐徐张开,食指从唇下伸出来。拇指藏在下巴下边。稍稍向下的红唇和四根纤纤玉指的红甲,聚拢于纯白的枕套上。少女的左臂自肘部弯曲,手背几乎要触及江口的眼睛下边。丰满的面颊和细长的手指,使人联想到伸开的双腿。老人用脚掌摸索姑娘的腿脚。她的左手手指稍稍张开,舒适地搁在那里,手背上枕着江口老人半边脸。姑娘觉察到老人脑袋的重量,动动肩膀,但没有力气抽出手臂。老人纹丝不动,待了一阵子。少女为了抽出两臂,微微抬起肩膀,肩头透着青春的圆润。江口把毛毯拉到肩膀,将那浑圆的肩头握在掌心里,嘴唇从手背移向手臂。姑娘肩膀的香气、颈项的香气很诱人。姑娘本来团缩着的肩膀和脊背,这时又立即松弛下来,一副香肌紧贴在老人身上。

眼下，江口要为来这间屋子受到委屈和侮辱的老人们报仇。他要在这些被迫沉眠的女奴身上施展本领，打破这间屋子的禁律。江口明白，他不会再到这里来了。也可以说，他的粗暴是为了唤醒昏睡的姑娘。然而，江口立即被明确无疑的处女象征慑服了。

"啊！"他喊叫一声，离开了姑娘。他呼吸紊乱，心跳加快。他突然住手，因为过于惊讶。老人闭上眼睛，平抑自己。毕竟不同于年轻男子，及时收手并不困难。江口一边抚摸姑娘的秀发，一边睁开眼睛。姑娘依旧俯伏着身子。这正值妙龄的娼妇，竟然还是个处女。到底是怎么回事？即便如此，娼妓总归是娼妓。他虽然这么想，但暴风雨过去，老人对姑娘的感情、对自己的感情都改变了，再不能回到从前。他并不惋惜。对于昏睡中毫无知觉的女人，不管做什么都不过是无聊。但那突然的惊愕又是什么呢？

江口迷醉于姑娘小妖精般的脸蛋，诱使他干

出了不应有的错事。但转念一想,到这里来的老年客人,哪个不是抱有比江口更加可怜的喜悦、更加强烈的饥渴、更加深沉的悲凉?固然是老后轻松的游乐、便捷的返老还童,但内心里已经潜隐着追悔莫及、无法治愈的懊恼,任如何挣扎都难以解脱。今晚所谓"熟练"的小妖精,依旧拥有一副女儿身,这不是出于老人们的尊重和守约,而只是标志着他们的凄惨与衰亡。姑娘的纯洁反而映衬出老人们的丑陋。

少女放在右侧面颊下的手或许压麻了,她的手举过头顶,慢悠悠伸屈手指,接连做了两三次,刚好碰到正在揉搓她头发的江口的手指。江口攥住她的手,手指微凉而柔润,几乎要被他握断。姑娘抬起左肩,翻转半个身子,举起左臂划了一圈,伸出去似乎想抱住江口的脖子。然而,她的臂膀软弱无力,实在抱不紧江口的脖子。她面朝这一边的睡姿靠得太近,映作江口老花眼里的一团白茫茫,然而,眼睫毛造就了眉毛过于浓黑的阴影,细润的眼睑和丰腴的面颊,修长的脖颈,依然保持着最初留下的妖艳少女的印象。乳房微微下垂，实际上很饱满。作为日本姑娘，乳晕广阔而秀挺。老人顺着姑娘的夸骨到脚跟试着摸索了一遍。自腰肢以下伸展开奂，却又绷得紧紧的，上半身和下半身不很协调，这也许是处女的缘故吧。

江口老人已经可以平心静气地打量姑娘的面孔和颈项了。少女的肌肤辉映着红色天鹅绒帷幕，十分协调。正如这家店的女人所说，"熟练"的姑娘的身子虽然累遭老人玩弄，但依然保持处女状态。其原因一方面是老人衰弱无力，一方面是姑娘深睡不醒。这小妖精以后将走过怎样的人生道路呢？江口内心涌起类似父母般的情怀。这标志着江口已经老衰。无疑，姑娘只为金钱而昏睡，但对于付费的老人们来说，躺在这样的少女身边，自然是今世最大的喜悦。因为姑娘绝不会苏醒，老年客人便不会因老迈自卑而自惭形秽，对于女性的妄想和追忆也可以无限地自由放纵，随处翱翔。比起玩弄清醒女子的花费，他们在这里花更多钱也在所不惜，原因就在于此。昏睡的姑娘不知道自己面对的是怎样的老人，这也使得老人感到心安。在老人一方，他们对姑娘的日常生活和人品同样一概不知。就连能够了解这一情况的线索——她们穿的衣服，也都无从知晓。对于老人来说，不仅仅是因为没有后顾之忧。她们是暗夜里一道奇异的光亮。

可是，对于这位既不言语，也不望他一眼，根本不情愿结识江口他这个人的姑娘，江口老人不习惯和她交往，也无法抹消那份寂寥与不满足。他想瞧瞧姑娘妖冶的眉眼，听听她的芳音，同她说说话。仅仅摸一摸熟睡中的姑娘，这样的诱惑对于江口已经不很强烈，反而伴随着一种无聊感。不过，江口意外地惊叹于女子尚未破身，中止了打破禁律的想法，打算按老人的惯例办事。较之上回的姑娘，今晚的少女虽然入眠而又确实充满活力。姑娘的气息、手感、身子的蠕动，都是切实可感的。

同上回一样，枕畔依然为江口放了两片安眠

药,但今晚他不想吃了早睡,他想多看姑娘几眼。姑娘即使睡着了,也不住地动弹,一夜似乎要翻身二三十次。姑娘刚一翻过身去,就又马上转向这边,还用手臂探索江口。江口挽住她一侧的膝盖,拉得靠近一些。

"哦,别弄。"姑娘似乎出声又像没出声地嘟囔一句。

"你醒了?"老人再次用力拉姑娘的膝盖,使她醒过来。姑娘的膝盖松弛着,向这边蜷着腿。江口把手伸到姑娘脖子下边,将她的头稍稍抬高些,一阵摇晃。

"啊,我去哪里呀?"姑娘说。

"醒了吧?快醒醒。"

"不,不要。"姑娘的脸孔滑向江口的肩头,仿佛要躲避摇晃。姑娘的前额触及老人的脖子,刘海刺到他的鼻子。她的头发很可怕,刺得他很疼,发香馥郁,呛得江口转过脸去。

"干什么呀,真讨厌。"她说。

"我什么也没干呀。"老人回答,可是,姑娘是在说梦话呢。是熟睡的姑娘对于江口的动作产生了强烈的异样感,还是梦见别的夜晚受到其他老年客人的侮弄呢?总之,哪怕是三言两语、断断续续的呓语,江口也觉得是在同姑娘对话,内心激动不已。若是在早晨,也许会使姑娘醒过来。然而,如今只是老人在说,能否进入熟睡中的姑娘的耳朵呢?比起老人的话来,对她身子的刺激,不更能使姑娘说梦话吗?江口甚至想狠狠打她、扭她,但最后还是紧紧抱住了她。姑娘既没有反抗,也没有作声。想必她的胸中很憋闷吧。姑娘甘甜的气息吹到老人的脸上。到头来,倒是老人的呼吸紊乱了。任他摆弄的姑娘再次诱惑了他。假若从明天开始,姑娘知道自己不再是女儿身,心中将会涌现多大的悲哀啊!这个姑娘的一生将会发生怎样的变化啊!不管如何,不到天亮,她是不会知道一切的。

"妈妈。"姑娘低低叫了一声。

"啊,啊,你走了,原谅我,原谅我吧……"

"做的什么梦呀?是梦,是梦啊!"江口老人听到姑娘说梦话,更加用力抱紧她,想叫她从梦中醒过来。姑娘呼唤母亲的声音里包含的凄凉打动了他的心。姑娘的乳房越发紧贴在老人的胸脯上。姑娘动动手臂,或许在梦里她把江口当作母亲才想要抱着他吧?不,她虽然熟睡,虽然是处女身,却是个不折不扣的妖妇。将这样年轻的妖妇周身摸个遍,这在江口老人六十七年的人生中是从未有过的事。假若真有妖艳的神话,那么她就是神话里的姑娘。

她或许不是妖妇,而只是被施以妖术的姑娘,因此,她"虽然入眠而又确实充满活力"。就是说,她的心灵深深陷入睡眠状态,但身体作为女人反而依然清醒。没有人心,只有女体,正如接待的女人说的所谓"熟练"。她果真能成为老人们的好伴侣吗?

江口放松紧抱姑娘的手臂,只是轻轻搂着她。姑娘的臂腕也变作抱住江口的姿势,真正亲切地接着江口了。老人就那么静静地待着,闭起眼睛,饱尝温暖与舒适,真正地沉迷于一派恍惚之中。

他似乎感悟到来这间屋子的老人们的欢欣，唤起了幸福之情。对于老人们自身来说，这里不仅有老后的凄凉、丑陋与自卑，不也充溢着青春生命的馈赠吗？对于一个耄耋老人，被年轻女子的肌肤完全包裹，还有比这更使人陶醉的事吗？然而，老人们为此作践了昏睡中的姑娘这个牺牲品，他们毫不知罪，还是暗暗怀有罪恶感，反而更觉得高兴呢？忘我的江口老人仿佛忘了姑娘是牺牲品，用脚试探姑娘的足尖。只有那里他还没触摸过。姑娘的脚趾又长又软，还在动着，脚趾节时而收缩，时而跷起，很像手指的动作，将这妖艳女子的强烈诱惑传向江口。这位姑娘可以通过睡眠中的足尖交递男女情语，但老人仅将姑娘脚趾的动作，当成幼稚生涩却又妖娆的音乐来欣赏，追索了好大一会儿。

　　姑娘好像在做梦，她的梦做完了没有呢？倘若不是在做梦，随着老人们过分的触摸，或许已养成用梦呓对话，以表示抗议的因习了吧？江口思忖着。即使不说什么，这位姑娘在梦中也可以通过妩媚的肉体接触实现同老人对话的目的。他很想听到有声音的对话,哪怕是极不协调的梦呓也好。这种愿望缠绕着江口,或许是他还不熟悉这间屋子里秘密的缘故。江口老人一时很困惑,他不知道究竟该说些什么,或按压哪一部分,姑娘才会用梦话给他回答。

"不再做梦啦?是妈妈到什么地方去了的梦吗?"说罢,他随手顺着她脊背的凹沟摸去,姑娘耸耸肩膀,又趴在床上了。看来这是姑娘喜欢的睡姿。姑娘面孔依然对着江口,右手轻轻抱着枕头一端,左臂搭在老人的脸上。姑娘什么也没有说,只是吹过来一股股轻柔、温热的气息。她稍稍动了动,好让手臂在老人的脸上放安稳,老人伸过手来,将姑娘的手臂搁在自己的眼睛上。姑娘长长的指甲轻轻戳着江口的耳垂,手脖子蜷曲在江口的右眼上方,纤细的手臂遮蔽着他的右眼睑。江口按住左右眼睛上的姑娘的手,希望就那么放着不动。姑娘肉体的芳香渗透了他的眼眸,秀发了新鲜而丰蕴的幻想。如今的季节,在晴暖阳光的照射下，大和古寺高高的石垣下盛开着两三朵寒牡丹，诗仙堂廊缘的庭院里绽放着白色的山茶花。而春天的时候，奈良的马醉木、藤花都在盛开，还有椿寺[1]内落英缤纷的椿花。

"对了。"这些花使得江口想起出嫁的三个女儿。他曾经带着三个女儿，又或是其中一个女儿旅游时看过这些花。这些已为人妻母的女儿，或许都不记得了，但江口记得很清楚。他有时想起来就跟妻子谈论花的事。打从女儿出嫁后，做母亲的或许不像父亲那样觉得已经和女儿分开了。事实上，当妈的也一直同女儿们保持着亲密的联系，所以对在她们婚前一起旅行看花的事并不怎么放在心上。况且，还有些母亲未去的旅行中所见的花。

搭放着姑娘手臂的眼眸深处，江口任花的幻想时时浮现又时时消失。女儿出嫁不久，昔日的感情重新复苏，甚至觉得别人家的女儿也很可爱

---

[1] 指位于日本京都的昆阳山地藏院。1587年，丰臣秀吉向寺院寄赠"五色八重散椿"，故该寺又称"椿寺"。

了。他觉得这位姑娘就是当时别人家的女儿。老人放开手，但姑娘依旧将手置于江口眼睛上。江口三个女儿里，看过椿寺散椿的只有最小的女儿。那是三女儿出嫁半个月前的告别之旅。那次椿花的幻影最为强烈，尤其是小女儿结婚时深感痛苦。两个青年争夺小女儿，而且小女儿在争夺战中破了身。江口为了使小女儿换换心情，特地带她去旅行。

传说椿花从树顶上"吧嗒"掉落下来，是不吉利的。椿寺有一棵树龄四百年的五色椿花正在盛开，这种重瓣椿花不会整朵掉落，而是一瓣一瓣散落下来，所以才叫散椿。

"落花最盛时，一天飘零五六簸箕之多。"寺院里的年轻夫人对江口说。

椿花比起阳光下眺望，不如阴影里观赏更显美丽。江口和小女儿坐在面朝西方的廊缘，太阳西斜了，正值阴凉地里。因为逆光，高大的椿树的繁茂枝叶同盛开的椿花相重合，搪住了春日的太阳。日光笼罩在椿树冠之中，树荫边缘似乎飘荡着晚霞的光亮。椿寺位于喧嚣嘈杂的街市，庭院中除了那棵大椿树外，几乎没有什么可观之物。江口的眼里只有那棵大椿树，其他什么也未看到。他的心被花夺去了，听不到街上的声音。

"开得真好看呀！"江口对女儿说道。

"有时早晨起来一看，到处都是落花，几乎看不到地面。"

寺里的年轻夫人应和了一句，便将他们父女两个留在那里，起身离开了。一棵大树上是否能开放五种颜色的花朵呢？的确既有红的，也有白的，还有色彩斑驳的。江口没有在意察看，而是被一整棵椿树吸引住了。树龄四百年的椿树，花朵竟然如此繁盛美丽！夕阳的光线全都被花丛吸收了，那花木之中一定是热哄哄的。尽管没有一丝风，顶端的花枝有时仍会微微摇动。

不过，小女儿不像江口那样一直注意那棵著名的散椿。她的眼睑没有力气，似乎不是在观赏椿花，而是在想自己的事。三个女儿中，江口最喜欢这个小女儿。因为她最小，也最娇气。两个姐姐出嫁后，她更是如此。两个大些的女儿曾经对母亲说过嫉妒的话，以为父亲有意将小妹留在家里招女婿，江口也是从妻子那里听说的。小女儿性格开朗，男性朋友很多，这在父母眼里，虽说有点轻浮，但身边有这么多男孩子围着她转，女儿也越发显得活泼可爱。其实，这些男性朋友之间，女儿真心喜欢的也就两个人。这在父母眼里，尤其是在家里招待那些男性朋友的母亲心里，最清楚不过。其中一个男孩夺去了女儿的贞操，女儿在家里一时变得寡言少语，即使是换衣服，动作也显得焦躁不安。母亲一眼看出女儿肯定出了什么事，悄悄地询问她，女儿毫不犹豫地向母亲坦白了。那个男孩在百货公司上班，住在廉价公寓，女儿被他诱骗去了那里。

"你打算跟他结婚，对吗？"母亲问道。

"不，绝对不。"女儿回答。这使母亲深感困惑。母亲估计这个青年强迫过女儿，随即向江口说明，同他商量。江口觉得自己的掌上明珠受到了污害，同时，当他得知小女儿和另一个青年匆匆订了婚约,更加大吃一惊。

"您打算怎么办呢?这样可以吗?"妻子进一步追问。

"女儿把这事跟未婚夫说过了?坦白说了没有?"江口尖声问道。

"哎呀,这个倒是没问清楚。我听到也吓了一跳,所以……我去问问女儿看。"

"不用。"

"这种事还是不向结婚对象坦白的好。隐瞒才能避免麻烦,世上的成年人都是这种想法。不过,这还是取决于女儿的性格和心情。女儿很可能会因为瞒着不说,独自痛苦一辈子。"

"首先,父母同不同意女儿这门婚事,不是还没决定下来吗?"

被一个青年侵犯,又和另一个青年匆匆订了婚,这在江口眼里自然有些不妥。做父母的,知道两个青年都喜欢女儿,江口也很了解两个青年,他甚至曾经认为不管他俩中的谁同小女儿结婚都可以。然而,女儿急忙订婚,不就是出于受打击后的反叛心理吗？她一方面对其中一人愤怒、憎恶、恼恨和后悔，遭遇一番挫折之后，又倾心于另一位青年，不是吗？或者说，她对一个人绝望了，心慌意乱之中又去依靠另一个人。由于她被玷污了清白，从此这颗心彻底离玷污她的人远去，反而为另一位青年强烈吸引，这对于小女儿来说，并非完全不可能。不是单纯出于报复或自暴自弃，更不是什么动机不纯等一句话所能言明。

但是，江口并未想到，这类事会发生在自己的小女儿身上。不论谁家的父母都是如此吧，不过，这也是因为小女儿有这么多男性朋友围绕身边，就愈加显得开朗、自由。女儿性格好强，江口对她也很放心。但像这样真的出了事，倒也不觉得有什么不可思议。小女儿的身子同世间女子没有什么不同，同样会被男人无理侵犯。女儿那时的丑陋身姿蓦然浮现于江口的脑际，一阵剧烈的屈辱与羞耻立即袭来。江口送别前两个女儿去新婚旅行时，不曾有过这样的感觉。江口再度想起，小女儿毕竟是俗人凡胎，还是无法抗拒男人的爱情烈火。但作为一个父亲，这难道是有悖于常理的看法吗？

江口对于小女儿的婚事既没有立即承认，也没有在头脑里彻底排斥。父亲知道有两个青年在激烈地争夺女儿，那是在这件事发生很久之后。而江口带女儿到京都观赏盛开的散椿，已经是在女儿婚礼临近的时候了。巨大的椿树冠中微微笼罩着嗡嗡之声，那里或许隐藏着一群蜜蜂吧。

小女儿结婚两年后生下个男孩。女婿看起来很喜欢孩子，小两口星期天到娘家来，妻子和丈母娘在厨房里忙活着，丈夫很熟练地喂孩子吃牛奶。江口看在眼里，觉得这对小夫妻感情颇为稳定。同住在东京，但婚后女儿很少在娘家露面。

有一天，女儿一个人来了。

"怎么样？"江口问道。

"什么怎么样？很幸福啊！"女儿回答。

也许不该跟父母这样说起夫妻关系，但鉴于小女儿的性格，理应在娘家父母面前更多地谈起丈夫的事，因而江口总觉得有些不满足，也有些不放心。然而，小女儿作为少妇正值鲜花盛开、越发娇媚之时，纵使处于由姑娘向少妇转变的生理变化时期，倘若于此隐藏着心理暗影，也会丧失这般如花的明丽。小女儿生产之后，身子内外如水洗般透明澄澈，人也越来越沉稳老练了。

或许出于这种缘由，在"睡美人之家"，江口任姑娘的手臂搭在眼睑上，浮现于眼前的幻影才是盛开过后零落而下的椿花瓣吧？不消说，江口的小女儿以及睡在这里的姑娘，都不像椿花那般丰盈，但只需望一眼人世间无数女儿的丰盈体态，瞟一眼这温顺寝伴的睡姿，便会明白这才是无法参透的美，也不是椿花能够比拟的。姑娘的手臂传达到江口老人眼窝里的，是生的交流、生的旋律、生的诱惑，对老人来说，还是生的回复。江口让姑娘的手臂放了一会儿，觉得眼球上太重，便用手拿下来了。

姑娘的左臂无处可放，顺着江口的胸口一直伸出去，又觉得地方窄小，随即向这边转过身来，两只手臂弯曲在胸前，手指相握。她触碰到江口老人的胸脯，不是合掌的形式，而是祈祷的形式。这是一种柔软的祈求。老人将姑娘十指交叉的手握在掌心，这时候，老人自己也闭目沉思，仿佛在祈祷着什么。不过，老人接触昏睡中年轻姑娘的手，只能是一种悲哀。

夜雨潇潇，落在静静的海面上，传到江口老人的耳朵里。远方的轰隆不是车声，似乎是冬日殷殷的雷鸣，但老人对此狐疑不定。江口松开姑娘交叉的手指，拇指除外，一根一根掰开来仔细瞧看。他甚至想把细长的手指含在嘴里咬一咬。一旦小指留下齿痕，渗出鲜血，这姑娘明日醒来会怎么样呢？江口使得姑娘的臂腕伸展于胴体一侧，随即注视着姑娘丰满的乳房，她的乳晕既大又饱满，色彩浓丽。他稍稍捧起下垂的乳房瞧着，只觉得微温，不同于睡在电热毯上那姑娘的暖和躯体。江口老人将额头顶进两乳中间的凹陷之处，脸刚一触碰到，就为着姑娘的体香而踌躇。他趴在床上，将枕畔的安眠药拿出来，今晚一次吃两片。以前，他来这里的第一夜，先吃了一片，被噩梦惊醒之后又吃了一片。他知道这是普通的安眠药，于是早早进入了睡眠。

江口老人被姑娘抽抽嗒嗒的剧烈啜泣声惊醒了。她的恸哭又立即转化为狂笑，笑声持续了好长时间。他将手伸到姑娘的胸前晃动着她。

"做梦啦，做梦啦，做的什么梦呀？"

姑娘长久的笑声停止之后的安静令人害怕。但是，江口老人的安眠药发挥了作用，他好不容易将枕畔的手表拿过来一看，三点半了。老人同姑娘贴着胸脯，紧紧搂着她的腰，温暖地入睡了。

早晨，他又被这家店的女人叫醒。

"您睡醒了吗？"

江口没有回答，这家店的女人会不会挨近密室的门扉，将耳朵贴在杉木门上偷听呢？他对周围的情景感到害怕。姑娘或许因为电热毯太热，伸出了裸露的肩膀，一只玉臂举过头顶。江口为她往上拉拉被子。

"您睡醒了吗？"

江口依旧没有回答。他把头缩进被子里，下

巴挨着姑娘的乳头。他猝然兴奋起来，抱住姑娘的脊背，两腿将她紧紧夹住。

这家店的女人三四次轻轻敲打着杉木门扉。

"客人！客人！"

"起来了，马上穿衣服啦！"看样子，江口老人要是再不回答，那女人就要破门而入了。

女人从相邻的房间里拿来了脸盆和牙刷，一边伺候他吃早饭，一边询问：

"怎么样，是个好女孩吧？"

"是个好女孩，非常……"江口点点头，"她什么时候醒来呢？"

"啊，她究竟什么时候醒来呢。"那女人佯装不知。

"我不能等她醒来再离开吗？"

"那种事，这里是不允许的，"女人稍稍有些惊慌失措，"不管多熟的客人都不行。"

"不过，她是个很好的女孩啊！"

"您不必自作多情啦，权当是同一个熟睡中的少女交际了一番，不是很好吗？那女孩根本不知道跟一位老爷子共寝,什么麻烦都不会有的。"

"可我记着她呀,要是在路上碰见了⋯⋯"

"这么说,您想跟她打个招呼对吗?这事就免了吧,那不成犯罪了吗?"

"犯罪⋯⋯?"江口老人重复着女人的话。

"是啊。"

"是犯罪吗?"

"不要再惹是生非了,您就纯粹把她当作睡不醒的姑娘,照顾照顾她吧。"

江口老人本想说自己还不是那么可怜的老人,但他控制住了。

"昨夜好像下雨了。"

"是吗?我一点不知道呀。"

"确实是雨声。"

透过窗户眺望海面,岸边微波涌起,在朝阳下闪闪放光。

其三

江口老人第三次去"睡美人之家"是在第二次去后的第八天。第一次和第二次之间相隔半月余,这回缩短了一半时间。

看来,江口也逐渐被睡美人的魅力迷住了。

"今晚的女孩子是个见习生,或许不能中您的意,就请您包涵着点吧。"招待的女人送来煎茶,随口说道。

"又换了个女孩子?"

"您临来时才打电话,只能临时配备一个……要想点个可意的,就得两三天前通知我们。"

"那是的。见习的姑娘怎么样呢?"

"新来的小女孩。"

江口老人大吃一惊。

"她说自己不熟练,有些害怕,问我能不能两个人一起。但客人要是不同意也不行啊。"

"两个人吗?两个人也没有关系。更何况处于昏睡之中,哪知道什么害怕呀。"

"说得对。不过因为是个不太熟练的女孩子,请动作轻一点。"

"我不会干什么的。"

"这我知道。"

"见习生啊。"江口老人嘀咕着。这里面有鬼。

像寻常一样,女人把杉木门打开一道细缝,向房内看了看。

"她已经睡了,请进吧。"说罢,女人走出屋子。老人自己又倒了一杯煎茶喝,枕着胳膊躺下。清寒的空虚感阵阵袭来。他懒洋洋地起身,悄悄打开杉木门,窥视挂着天鹅绒帷幔的密室。

"小妮子"是个小脸的女孩子。松开的发辫披散在一侧面颊上。一只手的手背搭在另一侧面颊和嘴唇之间,使得脸盘看上去尤其小。天真可爱少女睡着了。她轻松地伸展着指头,手背一端轻轻触摸着眼窝一带,蜷曲着的手指由鼻翼横遮住嘴唇。细长的中指显得有些多余,伸到了下巴。这是左手。右手放在被头,手指轻柔地握在一起。她没有化夜妆,睡前也不见卸去妆容的痕迹。

江口老人悄悄从旁边躺进去,注意不触碰她身体任何地方。姑娘纹丝不动,但那有别于电热毯热度的温暖体温包裹着老人,犹如幼小的野生动物的体温。或许凭借头发和肌肤的香气就可以这样感知,但也不光如此。

"也就是十六岁的样子啊。"江口自言自语起来。老人们走进这扇屋门,面对这些女人,虽已无法享尽欢爱愉乐,但和这样的姑娘静静同榻而卧,倒也能找回逝去的生的快乐,寻得一些渺茫的慰藉。对于在这间房子住下第三夜的江口来说,他心里很明白,有的老人暗暗祈祷自己永眠于睡美人身边。姑娘年轻的肉体满含悲哀,诱使着老人渴求死亡的心。不,江口或许是来这里的老人中最多愁善感的一位,而其他人多是为了从睡美人身上吸收朝气，借着熟睡不醒的女体行乐。

枕畔依旧放着两片安眠药，江口老人拿起来看看，药片上没有任何文字或标识，无法知晓药的名字，但肯定不同于姑娘吞服或注射的药。江口想，下次再来就向这家店的女人索要姑娘服下的药。她或许根本不会给，一旦到手，自己也能像死人一样长眠不醒吧。与死一般昏睡不醒的姑娘一同昏睡，老人从中感受到一种诱惑。

说到"死一般昏睡"这个词，江口就想起一个女子来。三年前的春天，他领着一位女子回到神户的一家旅馆。因为是从夜总会归来，此时已经过了夜半。他喝了房间里的威士忌，同时也劝她一起喝。女子喝的和江口一样多。老人换上旅馆常备的宽大睡衣，但没有女人的睡衣，只能直接抱住她穿着内衣的身子。正当江口挽着她的脖颈，抚摸着其脊背，沉迷于温柔乡时，女子坐起身子说：

"穿着这些东西睡不着呀！"说着，她把身上衣服全都脱掉，扔到镜台前的椅子上。老人有些

惊讶,以为这是她和白人在一起养成的习惯。不过,女子出奇地温存,江口放开女子,问道:

"还没有……吧?"

"狡猾,江口先生真狡猾。"女子重复了两次,依旧柔情似水。老人酒劲儿上来,便立即睡着了。翌日早晨,江口听到女子的动静睁开眼睛。她正对着镜子整理头发。

"起得很早啊。"

"有孩子的人嘛。"

"孩子……?"

"是的,两个,还很小呢。"

女子趁着江口尚未起床,急匆匆离开了旅馆。

这位腰身细长而紧致的女子,居然生过两个孩子,这让江口老人深感意外。生过孩子的不该是这种腰身,她的乳房也不像是喂过奶的。

江口打算换一件新衬衫出门,当他打开旅行包时,里边收拾得整整齐齐。出门在外十多天以来,换下的衣服揉成一团塞进包里,不管找什么东西,都要翻个底朝天。在神户买的和人家送的礼品，也被他随手扔进包里，旅行包歪歪斜斜，涨鼓鼓的，连盖子都关不起来。或许是包盖翘起来时，被她窥见一二，又或是老人取香烟时，女子一眼瞥见包内的杂乱。那她是怎么想到帮他整理的呢？又是什么时候整理的呢？那些随手扔下的穿过的内衣都折叠得方方棱棱，虽说女人手巧，但无疑也得花费些时间。或许，昨晚在江口入睡之后，女子睡不着，便起来将他的旅行包整理了一番吧。

"唔？"老人望着整理过的提包，"她是怎么想的呢？"

翌日傍晚，女子身穿和服如约来到日料店。

"你平日里穿和服吗？"

"是的，只是有时候……不怎么合身是吗？"女子羞涩地笑笑，"正午时分，一位朋友打电话来，说他很惊讶，问我这么做真的好吗。"

"你都告诉他了？"

"是的，毫无保留地全说啦。"

逛街时，江口老人为那女子买了和服料子与

腰带料子，随后回到了旅馆。透过窗户，可以望见驶入海港的轮船上的灯火。江口一边站在窗边同女子接吻，一边关上百叶窗、拉上窗帘。他朝着她举了举昨夜喝的威士忌。她摇摇头。看来她为担心酒后失态而忍住了。她睡得很沉。次日早晨，江口起床时，女子也醒了。

"啊，死一般昏睡。真像是死一般昏睡呢。"

女子睁开眼，怔怔地望着。那是一双洗过似的水汪汪的眼睛。

女子知道江口今日回东京。她的丈夫是被一家外企派驻神户之后和她结的婚。最近两年多，他回了新加坡，下个月再来神户妻子的身边。昨晚，女子对他说了这件事。在这之前，江口不曾听说她已为人妻，还是外国人之妻。他很容易就把她从夜总会诓骗出来了。江口老人昨晚一时兴起，去了夜总会，邻近的座席上坐着两位西洋男子和四位日本女子。其中一位中年女子认识江口，他们互相打了招呼。这些人似乎都是她介绍来的。当两位外国男子起身去跳舞之后，中年女人也劝江口同年轻女子跳上一曲。第二支曲子跳了一半，江口试着邀她离开这里。年轻女子似乎对此类不循常理之事很感兴趣，毫无顾忌地跟着他来到旅馆。反而是江口走进房间时显得有些不大自然。

江口同一位有夫之妇，而且是外国人的日本老婆搞起不伦恋来了。女子竟然把小孩子交给保姆或看孩子的人，在外头过夜了。她虽为人妻，却丝毫不感到内疚，这也使得江口并未对不伦之恋抱有多么强烈的实感。不过，内心里总是留下一道苛责的暗影。然而，女子说了，她"死一般昏睡"，此种欢喜，仿佛留下一种青春的乐音。那时候，江口六十四岁，女子在二十四五至二十七八之间。老人当时觉得这是他和年轻女子最后一次上床了。仅仅两夜，其实一个夜晚也可以，她"死一般昏睡"，成了江口难以忘情的女子。她写信来，信中说如果您来关西，还想再次见面。过了一个月后，又来了信，告知她丈夫回到了神户，然而没关系，她还想同江口见面。过了一个月，又来了同样内容的信。自那之后，便没了消息。

"哈，那女人怀孕了。第三胎……准没错。"江口老人嘀咕道。三年后，他躺在同样"死一般昏睡"的少女身边，又想起那个女子。过去，他从来没想到过这个因由，那么如今为何突然想起？江口自己也感到奇怪。不过，细想想，他觉得肯定是这个原因。女子之所以没有继续写信来，是因为怀孕了吧。果真如此吗？江口老人似乎浮现出微笑。女子迎接新加坡归来的丈夫，自己也怀孕了，江口同她的不伦恋情从此也可以洗刷干净了，老人也会因而感到安然。这样一来，他便怀念起她的身子来了。这种怀念不伴有色情。那副结实、柔滑且颇为舒展的身体，正是年轻女子的象征。妊娠虽然出乎江口意料，但又是无可怀疑的事实。

"江口先生，您真的喜欢我吗？"女子在旅馆里曾经问过他。

"喜欢。"江口回答，"这是女人经常提的问题。"

"不过，我还想……"女子嗫嚅着，没有继续说下去。

"你怎么不问我喜欢你哪儿呢?"老人开玩笑地问。

"算了,别再说啦。"

不过,女子问江口喜欢她吗,他明确回答她喜欢。三年后,江口老人依然没有忘记女子向他提起过这个问题。女子生下第三个孩子,依然保持着不曾怀妊般的纤巧身材吗?江口对那女子的怀恋油然而生。

老人几乎完全忘记身边熟睡中的少女了。是这个小姑娘使他想起那名神户女子。姑娘的胳膊肘横斜着,手背抵着面颊,有些不方便。老人握着她的手腕,放进被窝里伸展开。电热毯的热度使得姑娘将肩胛骨裸露了出来。她那小巧、圆柔、细嫩的肩膀就在眼前,几乎触及老人的眼睛。老人本想将那浑圆的香肩挽在手心里,但又止住了。肩胛骨很分明,江口本想顺着骨头抚摸看看,却也止住了,只是将她耷拉在右脸上的长发悄悄分开来。天花板上微弱的灯光,映着四周帷幔的深红，使得姑娘的睡颜愈加娇柔。她没有描眉，长长的睫毛整齐划一，似乎用指尖就能撮住。樱唇中段稍显厚实，看不见牙齿。

年轻女子天真的睡颜无比秀媚，这是江口老人到了这座房屋里才感觉到的。或许，这就是世上最美好的慰藉吧。无论什么样的美貌，都掩饰不住那张睡颜透露的芳龄。即便不是美女，青春的睡颜也是美好的。或者是这间店专门挑拣睡颜美丽的女子。江口仅仅就近凝视一下少女小巧的睡脸，就觉得自己一辈子的劳苦仿佛都轻轻消失了。此种感觉固然是安眠药的成效，但无疑也是受了这一夜良宵的眷顾。老人安静地闭目养神。这位姑娘使他想起神户的女子，也许还会使他再想起什么，所以他不想立即入睡。

神户的少妇迎接阔别两年的丈夫，立即怀孕了。这是出乎意料的想象，而这一想象肯定是事实无疑，江口老人又不能即刻驱散这种近乎必然的实感。可以认定，那个女子和江口的一段私情，既不会给她生下的孩子带来耻辱，也不会损害孩子的前途。老人由衷祝福她的妊娠与生产。那个女子浑身跃动着青春的生命力，同时暗示着江口自己愈来愈向老迈滑行。然而，那女子为何不见一点郁结或愧疚，明明曾经温顺地委身于他。这可是江口老人将近七十年生涯中不曾有过的事啊！女子既不像娼妓，也不像荡妇，江口甚至觉得，和她共枕，比起在这间屋子里躺在昏睡少女身旁更不具罪恶感。一到早晨，她就干练地快速收拾停当，悄然离去，回到家里的小孩子身边。此种离合也很投江口老人所好——在床侧目送她离去。江口思忖着，这或许是自己同年轻女子最后的幽会。他既然忘不掉那个女人，女子恐怕也会永远记住江口老人吧。两人都没有深受其害，纵使守口终生，又焉能忘记彼此？

然而，奇怪的是，这位"睡美人"的见习小姑娘，如今竟然使他更加鲜明地回忆起神户的女子。江口睁开紧闭的眼睛，他用手指轻轻抚摸小姑娘的眼睫。姑娘蹙起眉头，避开脸孔，轻启朱唇。舌尖紧贴下颌，缩成一团。那稚嫩的舌头中间分布着可爱的凹陷。江口老人感到一种诱惑。他窥探着姑娘微张的嘴唇,要是将姑娘的脖子勒住,那小巧的香舌一定会痉挛的吧?老人想起昔日遇到的比这位小姑娘年龄更小的雏妓,江口对她不感兴趣,但作为客人应邀而至,只得逢场作戏。那小姑娘的舌头薄而细长,水渍渍的,江口尝不出任何味道。此时,大街上鼓声咚咚,笛韵悠扬,听着令人精神振奋,看来似乎是节日的夜晚啊。小姑娘的眼睛细长清秀,一副逞强好胜的模样。她虽然对客人江口有些心不在焉,但似乎又有点情急难熬。

"是在过节吧?"江口问,"真想早点去街上逛逛呢。"

"哎呀,是的啊,您知道得真清楚!我本来和朋友约好了的,又被叫到这儿来了。"

"那你去吧,"江口躲开小姑娘湿润又冰凉的舌头,"没关系,你早点去吧……神社里正打着太鼓哪!"

"会被这儿的老板娘斥骂的!"

"放心吧，我会说服她的。"

"是吗？真的？"

"你几岁啦？"

"十四啦。"

姑娘对于男人没有任何羞耻心，自己也不觉得屈辱和气馁，一副傻乎乎的样子。她随便打扮一下，就急忙到街上看节目去了。江口一边抽烟，一边听了一会儿鼓声笛韵，以及商店店员的叫卖声。

江口不记得当时自己多大岁数了，但毕竟到了对小姑娘不再留恋、随便放她上街看节目的老爷子年纪，不过，到底还不像今天这样衰老。今晚的姑娘虽然只比那姑娘大上两三岁，但显得更加丰腴、更具性感。首先，最大的区别是长久昏睡，绝不苏醒。即便节日的太鼓如雷鸣，她也听不到响声。

侧耳细听，后山似有寒风轻轻掠过。姑娘微启朱唇，吐出温热的气息，不断吁到江口老人的脸上。映照在深红天鹅绒帷幔上的幽微灯光，一直照到姑娘的口腔深处。这位姑娘的舌头,似乎不像那位雏妓般水渍渍的,令人觉得冰凉。她对老人的诱惑更加强烈。在这个"睡美人之家",露出口中的舌头睡眠,这位小姑娘是第一个。比起伸出手指触摸香舌,更加令人亢奋的恶念在老人心间晃动。

但是,此种恶念伴随着剧烈的、恐怖的残酷,眼下尚未以一种明显的形态在江口的心中浮现。所谓男人侵犯女人的恶念,究竟是怎样的心理活动呢?例如,神户的人妻与十四岁雏妓,不过是漫长人生的一瞬,流水般倏然消逝。与妻子结缡,养育爱女,表面虽是行善,但时光悠长,江口长期束缚着这些女人的人生,甚至使得她们性格扭曲,这或许就是一种恶行。世间的习俗秩序已然纷乱,使得人们对于作恶也麻木不仁了。

躺在长眠不醒的姑娘身边,无疑也是一种恶念。如要害死姑娘,无疑更是罪恶昭彰。勒紧姑娘的脖子,堵塞她的口鼻,多半是轻而易举的事。然而,娇小的姑娘睡觉时张着嘴,露出稚嫩的舌头，江口老人一旦伸进手指，那舌头或许就会像婴儿吮吸奶水一样缠卷成圆形。江口将手放在姑娘的鼻子下边和下巴的位置，使她闭上嘴巴。不料稍一松手，姑娘的嘴唇又张开了。一边睡眠，一边微微张着嘴，倒也显得很可爱。老人看到了姑娘的青春活力。

因为姑娘太年轻，反而越发使得江口的恶念在胸中翻腾不止。他们这些偷偷访问这座"睡美人之家"的老人，不仅是在苦寂地追悔已逝的青春年华，还有的是为了忘却平生所犯下的罪恶不是吗？介绍江口来这里的木贺老人，不用说，并未向他泄露过其他客人的秘密，恐怕会员客人不是很多吧。而且，按照世俗的眼光观察，这些老人都是成功者，而非落伍者。然而，他们的成功是通过作恶取得的，并且需要重复作恶，来继续维持这样的成功。他们不是心灵上的安定者，而是恐惧者、失败者。当他们触摸着年轻女子的肌肤躺下时，打心底里突现出来的，或许不仅是对于逐渐临近的死亡的恐怖以及失去青春的哀恸，还有对自己违背道德的悔恨、成功者常有的家庭的不幸。老人们一般没有可以求拜的神佛,他们只是紧紧搂抱着裸体美女,流淌着冰冷的眼泪。即使痛哭失声,号叫不已,姑娘也一无所知,绝不会睁开眼睛。老人既不会感到羞耻,也不会损伤自尊心,完全是自由的忏悔、自由的哀戚。如此一来,"睡美人"不就是神佛吗?而且是肉身的神佛。姑娘年轻的肌肤和体香,给可怜的老人带来了宽恕与慰藉。

此种思绪一旦在心中泛起,江口老人便静静闭上了双眼。至今为止的三位"睡美人"中,只有今夜这名最年幼且丝毫未经磨炼的姑娘,突然诱发起江口的如此情思,这真是有点不可思议。老人紧紧抱住姑娘,之前他一直避免触碰她的任何地方。姑娘似乎被严严实实包裹在老人的肉体之中了。姑娘被彻底夺走了气力,再也不能违抗,多么纤细而阿娜的腰身!姑娘虽沉眠不醒,但似乎也能感应到江口,她闭上红唇,突出的腰骨用力抵在老人身上。

"这个小姑娘将会度过怎样的人生呢？就算没有获得所谓的成功或出世，但她真的能够度过平稳的一生吗？"江口思索着。未来，要是她能凭借在这间屋子里慰藉、救赎老人们的功德获得幸福，那就再好不过了。或者就像古代的民间故事所描述的那样，这位姑娘不就是某位神佛的化身吗？不是也有游女妖妇本是神佛化身的故事吗？

江口老人一边轻轻抓住姑娘的垂发，一边平心静气，为自己过去的罪孽与背德忏悔。然而，浮现于心头的是昔日的女子们。老人庆幸自己所想到的，并非是与她们交往时间的长短、女人们面容的妍媸美丑、头脑的聪颖迂执或者品行的优秀与低劣。他想到的都是那样言语的女子，如那神户的少妇所说：

"啊，死一般昏睡。真像是死一般昏睡呢。"

江口的爱抚触及她的敏感神经，以至于达到忘我，陶醉于不自觉的喜悦之中。较之爱情的深浅，难道不是她的天生丽质更能让他情动吗？这位小姑娘不久成熟之后又会如何呢？老人用怀抱她背部的手掌摸索下去。然而，这样是不会弄明白的。以前在这个家里，睡在看似妖妇般的姑娘身边，江口曾经寻思过六十七年的过去，对于人类性爱的广阔、性爱的深沉，他曾接触过多少啊！而且，从这样的想法中，他感觉到自己的衰老，但今夜的小姑娘反而唤醒江口老人性的往昔，使他重新恢复青春生机。这倒是很奇怪的事。老人将自己的嘴唇悄悄贴在小姑娘闭合的双唇上，没有任何味道，只觉得干燥。这种毫无意味反而更好。江口或许不会再见到这位小姑娘了。当这位小姑娘的樱唇浸润在性的馨香中时，江口抑或已经死去。这也并不寂寞。老人的嘴唇离开姑娘的唇之后又触及她的眉毛和眼睫。姑娘像被咯吱似的，微微移动一下脸孔，将额头抵在老人的眼眉上，使得一直闭着眼睛的江口更用力地紧闭双眼。

他的眼睑内部似乎浮现出无尽的幻影，接着又消泯了。不久，幻影汇成一定的形状，好几条金色的箭矢从附近飞过。箭矢的尖端扎着浓紫色的风信子花,末端附着各种颜色的卡特兰花,非常好看。但是,箭矢飞得这么快,花瓣不会散落吗?不掉下来倒是挺奇怪啊。江口老人心里感到很不安,睁开了眼睛。原来自己已经昏昏欲睡了。

枕畔的安眠药还没有服下,看看药片旁边的手表,已过十二点半了。老人将两片药放在掌心里,今夜没有受到衰老后的厌世和寂寞侵扰,所以舍不得马上入睡。姑娘睡得很甜,不知是给她吃了什么药还是打了什么针,丝毫看不出有任何痛苦。安眠药的分量要么很多,要么是轻型的毒药,江口也想尝试一次堕入这般深沉的昏睡中。江口悄悄脱离被窝,走出挂着大红帷幔的屋子,进入相邻的房间。他打算向这家的女人索要同姑娘一样的安眠药,江口按响了呼叫铃。铃声大作,仿佛在催逼房屋内外的寒气。秘密之家的呼叫铃,半夜长鸣不止,连江口都有些心悸。这是一片温暖的土地,冬日的残叶依旧蜷缩于枝头,但庭院里还是传来若有若无的风扫落叶声。扑打山崖的波涛,今夜也显得特别平稳。阒无人迹的宁静,令人感到这座屋子宛若幽灵宅院。江口老人肩头发冷,老人是穿着一件浴衣般的睡衣出来的。

回到密室,小姑娘面颊绯红。他已经降低了电热毯的温度,或许是她年轻的缘故吧。老人紧挨姑娘身边,以便焐热寒冷的身体。姑娘燥热地托起胸膛,双脚放在榻榻米上。

"要着凉的。"江口老人说着,感到自己和她年龄上的差距。小巧而温暖的姑娘,抱在怀里正合适。

翌日早晨,在这家女人的照料下,江口一边吃早饭,一边说道:

"昨夜里我按呼叫铃啦,没听到吗?我想要姑娘那种安眠药呢,真想像那样睡一觉啊。"

"这是绝对禁止的。首先,对老人很危险。"

"我的心脏很健康,不厌担心。即使永远睡不醒,我也不后悔。"

"刚刚来过三次,就这般任性,想说什么就说什么。"

"这么说,你这里能满足的最任性的事是什

么呢？"

　　女人脸色不悦地望着江口老人，脸上浮现出一丝冷笑。

一

其四

冬季的天空一早就阴暗下来,黄昏来临前下起了寒冷的小雨。江口老人跨进"睡美人之家"时,发现小雨已经变成雪霰。还是那个女人,她悄悄关上大门,上了锁。借着女人照亮脚下的手电筒微光,他看到雨中夹杂着白色的东西,这些白色的东西零零星星,似乎很柔软,落在通往玄关的脚踏石上,随后消融了。

"石面淋湿了,请当心啊。"女人一手打伞,一手想搀扶着老人。中年女人那种可怖的体温自老人的手套传递过来。

"我没关系,"江口甩开她的手,"还没到必须要人搀扶的年纪。"

"石头很滑。"女人说道。石头周围散落的红叶尚未清扫，有的卷缩着褪色了，经雨淋后泛出光亮。

"来这里的老年客人里，有没有需要你牵着或拖着的，有没有只剩一条胳膊、一条腿那样身体不便的人呢？"江口老人问那女人。

"不要打听别的客人。"

"但再过不久，到了冬天，这样的老人可就危险了。要是发生脑出血、心脏病，在这里过世了怎么办呢？"

"要是发生那样的事，这里也就完啦。客人倒是往生极乐了。"女人冷淡地回答。

"恐怕你也脱不了干系吧？"

"哈。"这女人原来是干什么的呢？她丝毫不动声色。

走进楼上的房间，一切都和平时别无二致。壁龛中的山间红叶图换成了冬日雪景。这无疑也是复制品。

女人熟练地沏了一杯上好的煎茶，随口问道

"您又突然打电话来,是不是对先前的三个姑娘都不满意啊?"

"不,我对三个姑娘都很满意!这是真话。"

"那么,您完全可以两三天前就打来电话预约一个嘛……看来,您又要出轨了。"

"对着昏睡不醒的姑娘,哪里说得上什么出轨?对方什么也不知道,谁来都一样。"

"即便睡着了,也还是活生生的女儿身啊!"

"有没有哪个女孩子问起昨夜的老人什么样子呀?"

"这种事绝不会发生。这是这个家的规矩,您只管放心好啦。"

"你曾经跟我说过,对一个姑娘过分用情,会酿成麻烦的,还记得吧?在'出轨'这件事上,之前你对我说过的话,今夜换我对你说了。我们俩的意见今晚完全颠倒过来了,好奇怪呀。你也露出女人的本性来了,对吗?……"

女人薄薄的嘴角浮现出一丝冷笑。

"看来您年轻时,害好多女人哭过呀。"

江口老人被女人突如其来的话吓了一跳：

"哪儿的话呀，别开玩笑啦！"

"瞧您认真的样子，怎能不叫人疑惑？"

"我要是像你说的，是不会到这里来的。凡是来这里的，都是深深留恋女人的老人们。他们懊恼也罢，挣扎也罢，一概都无法挽回了。"

"啊，这怎么讲？"女人不动声色。

"上回来也曾问过，这里能满足的老人最任性的要求是什么呢？"

"这个嘛，是沉睡的姑娘啊。"

"姑娘吃的药也能给我一份吗？"

"上次不是拒绝过您吗？"

"这么说，允许老人作的恶是什么呢？"

"这座房子里没有恶。"女人压低娇滴滴的嗓门，似乎要提醒江口注意。

"没有恶？"老人嘀咕了一句。女人的黑色眼眸显得很沉静。

"不过，要是企图扼住姑娘的脖子，就像拧断婴儿的胳膊那样……"

江口老人心生些许厌恶。

"被掐脖子也不会醒吗?"

"我想是的。"

"这种方式很适合强迫殉情啊。"

"当您感到自己一个人自杀很寂寞的时候,不妨一试。"

"那比自杀更寂寞的时候呢……?"

"老人嘛,会有的。"女人依旧很冷静,"您今晚喝酒了吗?净说些昏话。"

"喝了比酒更坏的东西。"

女人朝着江口老人瞟了一眼,装作毫不在意:"今夜的女孩子很温暖。这样的寒夜,不是正好吗?可以焐一焐身子骨呀。"说着就下楼去了。

江口打开密室的门扉,屋内飘荡着比平时更加浓郁的女人的甘甜香味。姑娘面朝里侧睡着了,虽然说不上是打鼾,但也是深沉的呼吸。她似乎身材高大。或许是由于深红色天鹅绒帷幔的映衬,浓密的黑发稍稍变成了茶褐色。从厚实的耳垂到丰满的脖颈,看起来肌肤雪白。正如女人所言,显得很温暖，脸色却不太红润。老人钻入姑娘背后的被子中，不由"啊"的一声惊叫起来。温暖倒也温暖，但姑娘的肌肤还带有诱人的滑腻感，悠然的肉香微散着潮气。江口老人闭上眼睛，静静待了一会儿。姑娘也一动未动，她的腰部以下十分丰满。她的温暖不仅浸染了老人，更是包裹着老人。姑娘胸脯挺起，乳房反而显得低伏，向周围匀扩，乳头小得不可思议。他想起刚才这家女人所说的"扼住"一词，不由浑身战栗，仿佛受到姑娘肌肤的诱惑使然。假若真将她掐死，那么这位姑娘的身体又会散发出怎样的气味呢？江口便是想象着这位姑娘白日里站立行走的丑态，极力逃避罪恶感。他稍稍平静下来。但姑娘走路时难看的步态是怎样的？好看的、优美的腿脚又是怎样的呢？对于一个六十七岁的老人来说，仅仅睡了一夜的姑娘，她的聪慧与否，教养高低与否，又算得了什么呢？眼下不就是仅仅抚摸她吗？姑娘一直睡着，并不知道老丑的江口正在抚摸自己，到了明天也不知道，不是吗？她不就是一个玩物、一个祭品吗？江口老人来这间房子只不过是第四次，随着次数的增加，他的内心也越来越麻木不仁，今夜这种感觉尤其剧烈。

今夜的姑娘也习惯了这间屋子的规矩了吧，她们对这些可怜的老人是否已没有任何想法？姑娘在江口的抚摸下一动不动。不论什么非人的世界，也会因习惯而变成人的世界。各种背德皆隐匿于世间阴暗之处。唯有江口和来到这里的其他老人稍有不同，甚至可以说完全不同。介绍江口老人来这里的木贺老人或许把他看作同自己一样，这种想法是错的，江口到底还是个男人，因此，江口并没有痛切认识到造访这间房屋的老人们真正的悲欢、懊悔与凄苦。对于江口来说，他认为没有必要一定要让姑娘昏睡不醒。

例如，江口第二次来这里时，差点对那位妖妇般的姑娘冲破禁忌。当他惊讶地发现对方还是个处女时才抑制住自己。自那之后，他立誓遵守这间房屋的禁律，保护"睡美人"们的安眠，绝不破坏老人们的秘密。尽管如此，那么，这栋房子专门招聘未婚处女,又是出于何种用心呢?或者说,这就是老人们可怜的希望吗?江口既有些明白,又有些模糊。

然而,今晚的姑娘很不寻常,这令江口老人难以置信。老人挺起胸脯,将前胸压在姑娘的肩膀上,瞧着姑娘的面孔。就像她的体形一样,姑娘的面孔不够端正,看上去却意外地天真无邪。鼻子下方微微扩展,上方很塌。面颊圆阔。额前发际很低,天生的富士山形额头[1]。短短的眉毛浓黑而寻常。

"好可爱啊!"老人嘀咕着,面颊压在姑娘的面颊上,那里也很滑腻。姑娘或许觉得肩膀很沉重,她改为仰面躺着。江口缩回身子。

老人好一阵子闭目不动,或许因为姑娘的香味过于浓烈。俗话说,此世间再没有比气味更能唤起往昔回忆的了。可那香气过于甜腻,只能令人想起婴儿的乳臭。尽管两种气味各不相同,但

---

[1] 指女子前额的发际形似富士山,即所谓的"美人尖"。

或许都属于人世间的根源性气味吧。打过去起,就有老人把少女身上的香气视作长生不老药。那么,这位姑娘的体香不正是他所期盼的那种芳馨吗?假如江口老人对这个姑娘做出逾越规矩的举动,就会产生令人可厌的腥臊。不过,有这种想法,就说明江口也已经老了。这位姑娘的浓香与腥臊,才是人类诞生的本源。她似乎是个易于怀妊的女子。尽管被迫处于昏睡之中,但生理机制未停止,明日到来时她就会清醒。她即便怀妊,也一概全然不知。江口老人已经六十七岁了,将一个这样的孩子留在世上,将会如何呢?引诱男人进入"魔界"的,似乎就是这样的女体。

然而,姑娘已经丧失了所有的防御,为了老年客人,为了可怜的老人。她一丝不挂,也绝不会清醒。江口自己也感到很无情,满心烦恼起来。他不住嘀咕那些意想不到的事:老人只有死,可年轻人有恋爱;死只有一次,而恋爱可以有许多次。虽说是意想不到的事,但这些可以使江口获得平静。本来,他的心情也并非十分躁动。房间外面微微传来雨雪的声音。海浪声似乎消隐了。雪霰落在水面上，融化了。老人似乎看到那片黑暗而广阔的海洋。一只巨雕般的野鸟，叼着血淋淋的猎物，在黑色的波涛边缘盘旋俯冲，那不是个婴儿吗？怎么会有这样的事？细思量，这正是人类背德的幻象。江口在枕头上轻轻摇摇头，赶走了幻象。

"啊，真暖和！"江口老人说。这不仅是电热毯的原因。姑娘将棉被向下拉，半露出广阔、丰腴而又稍稍缺乏曲线的胸脯。那雪白的肌肤微微映上了天鹅绒帷幔的深红色泽。老人望着优美的胸脯，伸出一根手指，沿着富士山形的发际描画了一遍。姑娘自打仰面躺卧之后，一直保持平静而悠长的呼吸。小巧的嘴唇内有着怎样的牙齿呢？江口捏住她的下唇正中，稍稍使其开启。樱桃小口，牙齿不太细密，但齿列还算整齐。老人放开手指，但姑娘并未再度闭唇，恢复原样，而是微微露着牙齿。江口老人用染上口红的手指，捏住姑娘的厚耳垂蹭了蹭，又将剩下的口红在她白胖的脖颈上蹭了蹭,等于是在她白皙的头颈上画了一道似有若无的红线,显得十分可爱。

到底还是个处女呀,江口想。他对这个家第二夜的那位姑娘曾经犯过疑惑,随后对自己如此卑劣无耻深感震惊和懊悔,所以未能调查一番。但不管是或不是,对于江口老人又如何呢?当他想到未必一定是处女时,老人仿佛听到自己内心里的自嘲:

"是恶魔在嘲笑我吗?

"什么恶魔,没么简单。你只是一个劲儿夸大你那半死不活的感伤和憧憬,不是吗?

"不,比起自己来,我是作为可怜老人们的同伴,正在思考这一问题啊。

"呵,你这个背德者,动辄将责任转嫁给他人,真是卑劣无耻啊。

"说我背德就算是背德好了。难道凡是处女就纯洁,不是处女就不纯洁吗?我到这里,并非为了寻找处女。

"因为你还不懂得老人真正需要什么。不要再来了。万一,万一,姑娘半夜醒来,你就会明白老人没多少可羞愧的,不是吗?"

江口不断在心中自问自答。当然,他也不总是要姑娘为此睡在自己身旁。江口老人才到这里来过四次,但陪睡的全是处女,他觉得有点不可思议。这难道真就是老人们的希望与欲求吗?

眼下,"假若姑娘半夜醒来"这一想法强烈诱惑着他。昏睡的姑娘需要通过多大的刺激,或者怎样的刺激,才会醒过来呢?那怕是蒙眬状态也好啊!例如,一只胳膊被砍掉,胸腹被刺穿,恐怕就不会继续昏睡下去了吧?

"更加邪恶起来了。"江口老人对自己低语。到这间房子来的老人们的无力感,江口几年后也将会体验得到。他心中涌起一种恶趣。毁掉这间屋子,让自己的人生也同归于尽!不过,之所以这样想,是因为昏睡的姑娘不是所谓"完整的美女",而是可爱的美人,广阔而洁白的酥胸呈现出了亲切。这是忏悔心逆反的表现。渐渐终结于怯弱的人生也有忏悔。一起观看椿寺落花时,小女儿那样的勇气或许也没有了。江口老人闭起双眼。

沿着庭院脚踏石一侧的低矮灌木丛,两只蝴蝶飞舞嬉戏,时而隐匿于灌木,时而擦着灌木飞旋、逗乐。当两只蝴蝶稍稍轻轻相交飞舞到灌木上方时,叶丛中出现一只,又出现一只。正当想到是两对夫妇蝴蝶时,忽而又变作五只,混合交飞。它们是否在争斗?看着看着,灌木丛中又不断飞出蝴蝶,登时在庭院中汇成白色的蝶阵。蝶群一概飞得不高。低垂而宽阔的枝头红叶,在似有若无的风里晃动。红叶树枝纤细,先端缀着宽阔的叶片,动辄随风而动。白色的蝶群犹如不断变大的白色花圃。江口只是望着有红叶树的地方,这样的幻象或许同这座"睡美人之家"有关吧?幻影中的红叶发黄了,变红了,衬托得蝶群更加洁白。然而,这个家的红叶已经脱光了,只有极少数卷缩着残留枝头。冰霰洒落下来了。

江口完全忘记了外面冰雪的严寒。凝神一看,白色蝶群飞旋的幻影,正是来自身边姑娘不停向他展示的丰隆而雪白的酥胸吧。这位姑娘或许有着某种驱除老人恶念的东西。江口老人睁开了眼睛。他望着酥胸上小小的桃红色乳头,那是善良的象征。他将侧脸贴在姑娘的胸脯上,眼睑里仿佛涌起一股热流。老人想在这位姑娘身上留下自己的印记,假若打破了这个家的禁忌,姑娘醒后必然苦恼无尽。江口老人在姑娘胸脯上留下了一些血红的印痕,他一阵战栗。

"会变冷的啊。"他拉上被子,掏出放在枕畔的两片安眠药吃了。"好沉呀。下身好胖呀。"江口伸手将她抱起,调整了睡姿。

翌日早晨,江口老人被这家店的女人叫醒过两次。第一次是女人咚咚敲响杉木门扉。

"老爷,已经九点了!"

"嗯,醒了,这就起床。那边的房间很冷吧?"

"及早点上炉子啦。"

"还下小雪吗?"

"停了,云层很厚。"

"是吗?"

"早餐已经准备好啦。"

"唔。"老人随口应和着,又模模糊糊闭上眼睛。他一边紧挨着姑娘娇嫩的肌肤,一边嘀咕:"地狱里的鬼来催命了。"

女人第二次来,是不到十分钟之后。

"客人!"她用力敲杉木门,尖着嗓门叫道,"还在睡吗?"

"那门没有上锁。"江口说。女人进来了。老人惆怅地坐起身子,女人帮头脑不清的江口换衣服,连袜子都给他穿好了,但动作有些粗鲁。走到隔壁一看,照例沏好了煎茶。江口老人悠悠地品着茶,女人却翻着白眼冷冷地看着他。

"昨夜的女孩,您特别满意是吗?"

"啊,算是吧。"

"那就好,做了场好梦吧?"

"做梦?那倒没有,睡得很沉啊,最近从未睡得这么好。"江口在她面前直打哈欠,"还没完全醒过来呢。"

"昨天太累了吧?"

"都怪那女孩。那孩子很走红吗?"

女人低下头,表情僵硬。

"有件事想求你。"江口老人改口说,"早饭后,能否再让我吃一回安眠药?拜托啦!我会酬答你的。那姑娘不知什么时候才会醒来……"

"别开玩笑啦,"女人青黑的脸孔变得苍白起来,双肩也僵硬了,"看您说些什么话,做事总得有个限度啊。"

"限度?"老人想笑又笑不出来。

女人怀疑江口对姑娘动了手脚,急忙站起身来,走进隔壁房间。

其五

新年过后,严冬的大海传来汹涌涛声。陆地上没有这么大的风。

"啊,如此寒夜,欢迎您……"

"睡美人之家"的女人打开门锁,迎了出来。

"正因为天冷,才来这里的啊,"江口老人说,"这么冷的夜晚,一个老人抱着年轻的女子暖暖身子,就是立即死去,不也是老人最大的快乐吗?"

"您净说些浑话。"

"老人随时会死的。"

还是楼上那间客房,火炉暖融融的,女人依旧沏了上好的煎茶。

"好像有钻墙风进来啊。"江口说。

"啊?"女人环顾四周,"没有缝隙呀!"

"房子里说不定有鬼呢。"

女人吓得紧缩着肩膀,看了看老人,脸色也变得惨白起来。

"再给我沏满一杯茶。不用晾,我要喝热茶。"老人说。

女人一边照他的吩咐做,一边冷冷地问他:

"您听说什么了吗?"

"嗯,是呀。"

"这样啊,既然听说了,为何还要来呢?"女人似乎感觉江口知道了什么,但她也不是非要隐瞒不可。不过,她那脸色并不好看。

"您虽然好不容易来了,但可否请您回去呢?"

"知道了还来,不是很好吗?"

"呵呵呵……"说她的笑声像魔鬼,一点不错。

"到底还是会发生那种事啊,冬天对老人很危险……大冷天的,干脆逢冬季就休业不好吗?"

"……"

"不知道还有哪些老人会来,假如接二连三有人死去，你也不能推脱责任啊。"

"这些事请您去跟我们老板说。我有什么罪呢？"女人的脸色再次变成土色。

"怎么没罪？老人的尸体不是运到附近的温泉旅馆去了吗？趁着暗夜，偷偷摸摸……你无疑也是帮了忙的。"

女人两手抓膝，姿势变得僵硬了。

"那是为了老人的名誉。"

"名誉？死人也有名誉吗？不过这也关系到体面问题。比起已死的老人，也许更是为家属着想吧。虽然谈论起来有些无聊……那家温泉旅馆和这里是同一个老板吗？"

女人没有回答。

"在这里，老人死在裸体姑娘身旁，恐怕报界也不会披露全部真相。倘若我是那位老人，不会同意被运出去，还是放在这里最幸福。"

"大概是为了接受验尸或繁琐的调查，房间也稍微改变了。或许会给其他常来的客人造成麻烦，还有对伴睡的女孩子们也……"

"姑娘睡着了,根本不知道老人已死。死者即便微微挣扎一下,姑娘也不会被惊醒。"

"是的,那个……不过,假如人们知道老人在这里身亡,就必须把姑娘转移出去,藏在一个地方。即便如此,人们也会知道死者身边有姑娘在啊。"

"你是说要放走姑娘吗?"

"对啊,那不是明显的犯罪吗?"

"老人死了,直到尸首变冷,姑娘都不会醒来的,不是吗?"

"嗯。"

"姑娘不可能知道老人已经死亡。"同样的事情江口又重复了一遍。那个老人死了之后,不知过了多长时间,昏睡的姑娘依然依偎着冰冷的尸体,直到尸体被运走,姑娘都一概不知。

"我的血压和心脏没问题,不必担心。但是,万一出了意外,千万别送到温泉旅馆,就放在姑娘的身旁,可以吗?"

"那怎么行啊!"女人慌了,"既然这么说,您还是回去的好。"

"开玩笑的。"老人笑了。他似乎也在对女人说,他并不认为死亡已经迫近己身。

报纸广告栏登载了死于这间房中的老人的葬礼,上面只说是"猝死"。江口在殡仪馆遇见木贺老人,听他耳语知道了内幕。据说老人是因为心绞痛去世的。

"那家温泉旅馆,不像是他能住的旅馆。他有其他固定住宿的旅馆,"木贺老人对江口老人说,"所以有人暗地里传言,说福良董事可能是安乐死。不用说,这些人也根本不知道具体情况。"

"唔。"

"很像是安乐死,但又不是真正的安乐死,或许比安乐死更痛苦。我和福良董事很熟,一听就有了头绪,立即着手调查。不过,对谁也没有说,家属也不知道。你不觉得那家报纸刊登的讣告很滑稽吗?"

报上的讣告有两则,一则落款写着福良的嗣子与妻子的名字,另一则是公司发出的。

"福良就像这样，"木贺做出粗脖子、宽胸膛、大肚子的模样给江口看，"你也要注意啊！"

"我呀，不必担心。"

"总之，福良那具体形硕大的尸首，半夜里被运到温泉旅馆去了。"

是谁运去的呢？肯定是用车子，不过对于江口老人来说，这事实在太恐怖了。

"这件事看来不了了之啦，但依我看，一旦发生这种事，那栋房子恐怕也不会长久了。"木贺老人在殡仪馆对他嘀咕道。

"说得对呀。"江口老人应和着。

今夜，女人估计江口知道福良老人的事，所以她也没有隐瞒，却十分小心警惕。

"那姑娘真的不知道？"江口老人向女人提出这个令人心烦的疑问。

"这事弄不清楚，不过，看样子老人很痛苦，姑娘从脖子到胸脯都有抓伤的血痕。姑娘什么也不知道，次日醒来，她说这老爷子好难缠呢。"

"说很难缠吗？毕竟是临死前的挣扎。"

"那抓伤倒也不怎么厉害。只是好几处渗血了,有点红肿……"

女人似乎要向江口老人全盘托出,如此一来,江口反而不想听她说了。无非是随时会在某个地方猝死的老人罢了,但老人也许已经实现了幸福的猝死。唯独木贺所说的将硕大的尸首送往温泉旅馆这件事最能刺激江口的想象。

"衰老致死很丑陋呀。啊,或许接近幸福的天国……不不,那位老人肯定堕入魔界了。"

"……"

"那姑娘是我认识的吗?"

"这我不能说。"

"哦。"

"从脖颈到胸脯有些血绺子,所以打算叫她休息到伤痕消退再说……"

"请再给我一杯茶,嗓子眼儿太干了。"

"好的,换一下茶叶吧。"

"一旦发生这种事情,就算人不知鬼不觉地料理好了,这家店也无法长享下去。你不这么想吗?"

"是这样吗?"女人和缓地说。她也不抬头,端来了煎茶。

"老爷,今晚上这一带要闹鬼啊!"

"我正想跟鬼好好聊聊呢。"

"聊什么呢?"

"关于可怜的、衰老的男人。"

"刚才我是开玩笑啊。"

江口老人呷了一口清香的煎茶。

"明知你是开玩笑,但我心中确实有鬼,你心中也有鬼。"江口老人伸出右手指着女人。

"你是怎么发现那个老人死了?"江口问。

"听到他发出奇怪的呻吟,上楼瞧了瞧,心跳和呼吸已经停止了。"

"姑娘不知道吧?"老人又叮问了一句。

"姑娘不会因为这点小事而醒来的。"

"这点小事……?这么说,她也不知道老人的尸体被运走,对吗?"

"对。"

"这么说,姑娘是最了不起的人。"

"她没什么了不起。您是客人,不必再谈这些多余的事,赶紧到隔壁去吧。难道过去您曾经认为昏睡的姑娘是了不起的人吗?"

"姑娘的青春对于老人来说也许就是了不起的啊。"

"您在说些什么呀……"女人微笑着站起身来,将邻室的杉木门稍稍打开一些,"睡着了,等着呢,请吧……喏,这是钥匙。"说着,她从腰带里抽出钥匙交给江口。

"对啦对啦,差点忘了告诉您,今晚是两个人。"

"两个人?"

江口老人大吃一惊,看样子,姑娘们或许知道福良老人的猝死。

"请自便。"女人离开了。

江口打开杉木门,第一次来时的好奇和羞耻早已麻木了,但他猛然想起了什么。

"她也是见习生吧?"

不过，同以前见习的"小女孩"不一样，这位似乎很野蛮。她的野蛮几乎使得江口忘掉了福良老人的死。两人挨在一起，睡在门口附近的就是那位姑娘。或许是不习惯沾有老人体臭的电热毯等物件，或许是身上储满了不畏冬日寒夜的温热，那姑娘将被子蹬到心窝之下，躺成个"大"字形，仰面朝天，两只胳膊尽情伸展。大大的乳晕呈紫黑色。天花板的光线照射着深红色天鹅绒帷幔，不但乳晕的颜色不好看，脖颈至胸脯的颜色也算不上美。皮肤黝黑而光亮，似乎还有点狐臭。

"人的生命就是这样啊。"江口嘀咕道。对于六十七岁的老人来说，这样的姑娘才会给他增添生机。江口怀疑这个姑娘不是日本人。作为十几岁女孩，她的乳房丰硕，而乳头尚未鼓胀出来。身板不胖，却很结实。

"唔。"老人拎起她的手看了看，手指修长，指甲也很长，这种体形就是如今时兴的那种高挑身材吧。她究竟是怎样一副嗓音，爱说些什么话呢？广播电视里有几个女星的声音江口很喜欢，每当这些女星出场时，他总是闭着眼睛，只倾听她们的声音。老人很想听听这位昏睡姑娘的嗓音，这种诱惑十分强烈。绝不会睁眼的姑娘根本说不出什么。怎样才能使她们发几句梦中呓语呢？况且，梦话的音色毕竟不同于一般。还有，女人大都有几副嗓音，不过这个姑娘恐怕只用一种嗓音说话吧。从睡相上可以看出，她完全是自然的表现，没有任何伪装。

江口老人坐下来，摆弄着姑娘长长的指甲，它们坚硬得似乎不像指甲，这就是健康的、年轻的指甲吗？指甲下面的血色新鲜而富于活力。他刚刚不曾注意到，姑娘脖子上戴着细长的金项链。老人脸上绽开了笑容。在这寒冷的夜晚，居然裸露着胸脯，而前额发际还微微渗出了些许汗液。江口从口袋里掏出手帕，给她揩拭了一下。手帕浸染上一股浓香。姑娘的腋下也擦了，这样的手帕不能带回家，江口便把它团成一团扔在屋角里了。

"啊，涂着口红呢。"江口嘀咕着。这是自然的事，但这位姑娘涂的口红也引起了他的微笑。江口老人瞧着那姑娘。

"做过兔唇手术吧？"

老人拾起丢弃的手帕，揩拭着姑娘的朱唇。没有兔唇手术的痕迹。上唇中部隆起，清楚地呈现出优美的富士山形唇线，那一带出乎意料地招人怜爱。

江口老人蓦地想起四十年前的那次接吻。站在姑娘面前，将手极轻地搭在她肩头的江口突然凑过嘴唇。姑娘左右转头回避。

"不要，不要，我不愿意。"

"好啦，吻过啦。"

"我不愿意嘛。"

江口擦擦自己的嘴唇，给她看看蹭上薄红的手帕。

"不是吻了吗？看……"

姑娘接过手帕瞧了瞧，默默塞进自己的手提包。

"我不愿意嘛。"姑娘俯伏着身子,泪眼蒙眬,一言不发。打那之后,他们再也没见过面。姑娘如何处理那块手帕的呢?不,比起手帕,四十多年后的今天,那姑娘还活着吗?

江口老人眼望着昏睡的姑娘上唇美丽的山形唇线,在这之前,他将从前那位姑娘忘记多少年了呢?倘若将手帕放在姑娘枕畔,手帕蹭着微红,自己的口红也褪了色,姑娘醒来时会认为被人偷吻了吗?当然,在这间房屋里,接吻之类的事肯定是客人的自由,不会遭到禁止。不论多么衰老,接吻还是可以做到的。只是姑娘绝不躲闪,也绝不会知情。熟睡中的唇际冷冰冰的,或许又水渍渍的。爱过的女人们如死尸般的口唇,不能够传达情感的战栗吗?江口想到来这里的老人们可怜的衰老,那种欲望更加消泯了。

然而,今宵的姑娘的罕见唇形稍稍勾起江口老人的情趣。竟有如此的嘴唇吗?老人用小指头轻轻触动一下姑娘上唇的中央,很是干燥,表层也很厚实。这时,姑娘开始舔舐嘴唇,直至充分湿润为止。江口缩回了手指。

"这姑娘睡眠中也在接吻吗?"

老人只是稍微抚摸了一下姑娘的鬓发,既粗又硬。老人站起身来换衣服。

"再怎么健康,这样也会感冒的。"江口将姑娘的胳膊放回被子里,又将被子拉到她胸脯上方,然后挨着她睡下。姑娘翻过身来,伸出两只臂膀使劲推着,老人很容易地被推出了被窝。这事显得很滑稽,惹得他笑个不停。

"这见习生果然出手不凡啊!"

姑娘堕入绝不会醒来的昏睡之中,身子已经麻木,可以任人摆布。但是,对于这样的姑娘,江口老人已经没有足够的气力应对她了。或许时间太久,他已经忘却了。江口来这里,原本是为着温柔荡漾的欲情、诚挚的容许,以及女人的亲切,而不愿再为冒险与争斗耗费气力。眼下,被昏睡的姑娘突然推出被窝,老人一边笑,一边思忖着这些事情。

"毕竟上了岁数啊。"他暗自嘀咕着,就像来这里的其他老人。其实江口尚未具有来这里的资格，但是身上残存的男性生命已经流失几尽。让他不禁产生此般切实考虑的，是姑娘那黝黑光亮的肌体。

对这样的姑娘施加暴力，正好可以唤醒自身青春的活力。江口对这座"睡美人之家"也有些厌倦了。尽管如此，来的次数反而增多了。他想对这位姑娘施暴，无视这间房子的禁制，破坏老人们的低俗恶趣。江口热血奔涌，跃跃欲试，想以此同这里诀别。然而，不需要暴力和强制，昏睡不醒的姑娘恐怕不会有任何反抗。即便将她一手掐死，也易如反掌。江口老人泄气了，黑暗的虚无感在心底蔓延。附近涛声轰鸣，听起来似乎很遥远，或许是陆上无风的缘故。老人想象着夜间海水黝黑的底层。江口支起一只胳膊，挨近姑娘的面孔。姑娘喘着粗气，老人停止接吻，把那只胳膊横倒。

江口老人保持着被黝黑肌肤的姑娘推出的姿态，袒露胸脯，钻进相邻姑娘的被窝。背对这边的姑娘转过身来。这位颇有姿色、柔情似水的姑娘在熟睡中接纳了他。姑娘伸出一只胳膊,放在他的腰部。

"配合得很好嘛!"老人玩弄着姑娘的手指,闭上了眼睛。姑娘的细手指宛如柔荑,仿佛怎么折都折不断,江口很想含在口里。乳房虽小,但浑圆而坚挺,整个被江口老人纳入掌中。腰肢也完全是浑圆形状。姑娘风情万种,老人略感悲凉。他睁开了眼。姑娘脖颈很长,同样纤细优美。虽然是细腰身,但并非那种日本古典风情。紧闭的眼睛是双眼皮,但那线条很浅,睁开或许会变成单眼皮。也可能有时是单眼皮,有时是双眼皮吧。还有的时候一只双、一只单。在四面天鹅绒帷幔的映衬下,肌肤颜色看得不很真切,脸色呈现麦黄色,脖颈细白,脖根也是微带麦黄。胸部白皙非常。

江口知道黑光油亮的姑娘身材修长,这位也不会例外吧。江口用脚尖蹭了一下,最先碰到的是黑姑娘糙厚的脚心,还是汗脚。老人慌忙缩回了腿脚，反而被深深诱惑。江口脑里倏忽一闪，听说福良老人是心绞痛发作致死，那么陪睡的会不会就是这位黑姑娘呢？所以今晚才让两位姑娘相伴啊。

然而，这理由难以成立。刚刚听这家店的女人说了，福良老人临死挣扎，姑娘自脖子到胸脯有多处抓伤，目前还在休养，要等到痊愈为止。江口老人再次用脚尖蹭了一下姑娘厚实的脚心，并向上方探索那黧黑的肌肤。

"赐予我生的魔力吧。"江口感觉传来一阵战栗。姑娘撩开被子，踢走下面的电热毯，一只腿伸展到外头来了。老人有一股想将姑娘的身子推向严冬里冰冷的榻榻米的冲动，他一直从姑娘胸部打量到腹部。他将耳朵贴在姑娘的心脏上，倾听心跳。本以为那声音既强且大，实际上却小得可爱，甚至似乎还有一点紊乱。或许是老人奇怪的听力所致。

"会感冒的呀。"江口为姑娘盖上了被子，关上姑娘一边电热毯的开关。老人开始感到女人的生命魔力也没有什么大不了。勒紧她的脖子将会如何呢？她很脆弱。对于老人来说，这很容易做到。江口用手帕擦了擦原本贴紧姑娘胸脯的侧脸。姑娘油腻的肌肤仿佛转移给他了。姑娘心跳的声音也留在他的耳里。老人将手放在自己的心脏上，也许是被他自己摸的缘故吧，心跳十分有力。

江口老人将脊背转向黑姑娘，面对温柔的姑娘。一个形状更加优美的鼻子优雅地映入他的老眼。横躺着的美丽脖颈又细又长，使得老人不由自主地伸出胳膊，绕到脖子底下将她搂了过来。脖子温柔地动了一下，飘来一缕甜香，此种暗香同身后黑姑娘的野性浓香混合在一起。老人紧贴着白姑娘，她的呼吸变得频繁而短促，但并没有醒过来的迹象。江口暂时躺着不动。

"她会原谅我的吧？作为自己一生中最后的女人……"身后的黑姑娘似乎在煽动他。老人伸手摸索，好像摸到了姑娘的乳房。

"冷静一下吧，听着冬天的涛声冷静下来吧。"江口老人努力控制住心跳。

"姑娘像是麻痹了一般昏睡不醒。她似乎被灌进了毒药或烈性药。为什么呢?不是为了钱吗?"老人这么一想,还是犯起了犹豫。尽管他明明知道每个女人都不一样,但这姑娘难道就这么与众不同?以至于让他想要侵犯这位姑娘,给她带来一生的悲惨与凄楚,以及难于治愈的创伤吗?对于六十七岁的江口来说,纵然把所有女人的身体视同一律也不足为怪。而且,这位姑娘顺从而不抗拒,也不回应。不同于死尸的,只有温热的血液和正常的呼吸。不,到了明天,鲜活的姑娘就会醒来,这同死尸相比还是大不一样的,不是吗?然而,姑娘没有爱,没有羞耻,也没有战栗,醒来后只留下怨恨与懊悔。她不知道夺走她纯洁的男人是哪一个,顶多只知道是个老人罢了。姑娘恐怕也不会跟这家店的女人说起这些事。即使这座"老人之家"的禁律被破坏,姑娘肯定也会隐瞒下去的,除了姑娘不会有任何人知晓。温柔的姑娘的肌体紧紧贴着江口,或许是自己这边电热毯关掉之后变冷的缘故,裸体的黑姑娘不住地从背后推着老人。她的一条腿和白姑娘的腿搭在一起。江口感到可笑，失去了力气。他摸索到枕边的安眠药。江口被两个女人夹在中间，手也不得自由伸展。他的手心搭在白姑娘的额头上，像平时一样瞅着白色的药片。

"今晚就不吃药了吧。"他自言自语。这无疑是一种效用稍强的药，一旦吞下，不久就会沉入梦乡。进入这间房子的老年客人难道都听从主人的安排，老老实实吃了安眠药吗？江口老人第一次开始怀疑起来。不过，假如有不吃安眠药而珍惜此良夜者，那不是比老丑更加老丑吗？江口思忖，自己尚未进入那老丑行列。他今晚也吃了药。他想起自己曾经提过想吃使姑娘昏睡的那种药。

"对老人很危险。"女人回答。因此，他也不好继续索要那种药了。

但是，"危险"一词的意思就是睡着睡着一命呜呼了吗？江口虽说是个平淡无奇的老人，但既然是人，免不了时而会堕入孤独空虚、寂寞厌世的境地。这间房子不就是难得的死亡场所吗？勾起人们的好奇心，遭受世人厌弃，不也是一种死后留名之举吗？想必熟人会感到震惊。虽然不知会给遗属带来多大伤害，但能像今晚这样夹在两位少女中间死去，不也是老残之身的心愿吗？不，不会如此。最后或许就像那位福良老人，尸首被人运往简陋的温泉旅馆，被人看作在那里吞服安眠药而自杀。没有遗书，原因不明，终将被看作老命无常而自寻末路吧。想到这里，眼前又出现了那女人冷笑的面颜。

"为什么要一个劲儿瞎想呢？这可很不吉利啊！"

江口老人笑了，但不是明朗的笑，安眠药已经开始发挥作用。

"好吧，将那个女人叫起来，问她要姑娘吃的那种药。"他嘀咕着。不过，那女人不可能送来。再说江口也懒得爬起来，他没有这番心思。老人俯着身子，两只手臂挽着两个姑娘的脖子。一边温柔细腻，芳香四溢，一边坚硬厚实，油腻壮硕。他的内心涌起一股热力。老人望望左右深红的帷幔。

"啊啊。"

"啊啊。"黑姑娘似乎在回答。黑姑娘将手抵在江口胸口上。她很痛苦吗?江口放松一只臂膀,转身背对黑姑娘。他一只臂膀伸向肤色白皙的姑娘,挽住她的腰肢。接着,闭上了眼睛。

"至于谁是一生中最后的女人,为何是最后的女人,等等,要是有人问起这些事……"江口老人思忖着,"那么说,自己最初的女人又是谁呢?"老人的头脑里,较之倦懒,更多是迷醉。

最初的女人是"母亲",江口老人一闪念。"除了母亲还能是谁呢?"他的脑子里浮现出全然意想不到的答案。"母亲能说是自己的女人吗?"江口如今已经六十七岁,躺卧在两个裸体的姑娘之间,这个事实第一次从胸中某个地方突然涌现出来。是冒渎还是憧憬?江口老人像驱散噩梦时一样,睁开眼来,眨巴着眼皮。但是,安眠药正在发挥作用,意识很难清醒,迟滞的头脑疼痛起来了。老人打算在朦胧的意识中追寻母亲的面影,他叹了口气，将两只手掌搭在左右两个姑娘的乳房上。"好柔滑，好肥腻。"老人就这么闭上了眼睛。

母亲死于江口十七岁那年的一个冬夜。父亲和江口分别握着母亲的右手与左手。母亲长期受肺结核折磨，虽说胳膊瘦得只剩骨头，但握力依然很强，攥得江口手指生疼。母亲手指的寒气，直达江口的肩膀。正在为母亲按摩足底的护士，蓦然站立起来，似乎要去给医生打电话。

"由夫，由夫……"母亲断断续续地呼喊着，江口立即有所觉察，他轻轻抚摸母亲喘息的胸膛，这时，母亲吐出了大量鲜血。血液从鼻孔里咕嘟咕嘟冒出来。母亲咽气了。流出的血用枕畔的纱布和手巾擦也擦不净。

"由夫，用你内衣的袖子擦擦吧，"父亲吩咐他，"护士小姐，护士小姐！请拿脸盆和水来……嗯，是的。新枕头、新睡衣，还有被单……"

江口老人假如有"最初的女人是母亲"这一想法，脑里浮现出母亲去世的情景也是很自然的。

"啊啊。"此时的江口，想起了围绕密室的深红色天鹅绒帷幔，感觉那是血的颜色。即使眼睛闭得严严的，眼底的红色也不会消失。安眠药已经使得头脑蒙眬不清，两只手掌依然搭在两位姑娘娇嫩的乳房上。老人的良心与理性的抵抗也大半麻木了，泪水积在眼角。

"在这种地方，怎么会想到把母亲当成最初的女人呢？"江口老人也觉得很蹊跷。然而，正因为他把母亲当作"最初的女人"，脑子里再未浮现过后来的游女荡妇。事实上，妻子才应该是"最初的女人"。尽管如此，已经嫁出去三个女儿的老妻，在这冬日的夜晚却一个人睡觉。不，她肯定孤枕难眠吧？没有这里的涛声，晓夜独居，或许比这里更加寒冷吧？老人琢磨着，自己手掌下面的两个乳房，到底是什么东西呢？自己死了之后这东西依旧会流着温热的血液。可这又如何呢？老人用手心仅存的那点力气握住不放。姑娘们连乳房都沉入睡眠，不再回应他了。江口在母亲临终时抚摸她的前胸，自然也触碰到了母亲萎缩的乳房。他没有感觉到那是乳房。他现在想不起来了。所能记起的，只是幼时摸着年轻母亲乳房睡眠的日子。

江口老人渐渐生出困意。为了摆成便于睡觉的姿势，他从两位姑娘的前胸缩回手，身子转向黑姑娘一侧，因为那个姑娘的体臭太浓烈了。姑娘粗重的呼吸直扑向江口的脸孔。姑娘微微张开了红唇。

"哎呀，好可爱的小虎牙啊！"老人用手指捏住那颗虎牙。牙齿很大，虎牙很小，要是没有姑娘的喘息扑脸，江口说不定会亲吻小虎牙的周围。但是，姑娘粗重的气息阻碍了老人的睡眠，所以他翻过身去。纵然这样，姑娘的呼吸还是冲着江口的脖颈，虽然没有打鼾，却也带着响声。江口缩紧脖子，额头正好靠近白姑娘的面颊。白姑娘似乎有些嫌弃，但看表情又像是微笑。他注意到紧贴后背的肥腻肌肤，又冷又湿。江口老人沉入睡眠。

夹在两个姑娘中间，或许很不舒服，江口老人不断做噩梦。虽然断断续续，但皆是可厌的春梦。到最后，梦到新婚旅行回到家中，到处盛开着红色的大丽花，摇曳多姿。江口犯起犹豫，他怀疑是不是自己的家。

"哎呀，回来啦，怎么站在那里不动啊？"本应早已去世的母亲出来迎接，"新娘还在害羞吗？"

"妈妈，这鲜花是怎么回事呢？"

"这些啊，"母亲定定神，"快进来吧。"

"嗯，我还以为走错了门呢，心想不会吧，但看到这么多花……"

客厅里摆满了祝贺新婚夫妇的菜肴。母亲接受新娘子的问候，随后到厨房热汤，不一会儿还飘来烤鲷鱼的香味。江口到廊子上看花，新媳妇跟在他身后。

"啊呀，好漂亮的花！"她说。

"是呀。"江口为了不惊吓新媳妇，他没有说"我家本来没有这些花"之类的话。江口盯着花丛中最大的一朵,这时从一片花瓣上落下一滴艳红。

"啊?"

江口老人醒了。他摇摇头,安眠药使他处在蒙眬之中。他转向黑姑娘而卧,姑娘的身子冰冷。老人大吃一惊。姑娘没有呼吸了。伸手摸摸她的心脏,心脏停止了跳动。江口飞身而起,打了个趔趄倒在地上。他摇摇晃晃,颤抖着来到相邻的房间,向周围一看,壁龛一侧有呼叫铃,他手指用力按了很长时间。楼梯上传来脚步声。

"我睡着了,什么也不知道,会不会无意中掐了姑娘的脖子呢?"

老人连滚带爬回到原处,望着姑娘的脖子。

"出什么事了?"女人进来了。

"这个女孩子死啦!"江口牙根都合不到一起了。女人定了定神,揉着眼睛问道:

"死啦!怎么会有这等事呢?"

"是死了,没有呼吸了,脉搏都断了。"

女人脸色大变,双膝跪在黑姑娘枕畔。

"是死了吧?"

"……"女人掀开被子,察看起姑娘来,"客人,您对姑娘干下什么事了?"

"什么也没干。"

"没死。客人,您不用担心……"她极力冷静下来,淡淡地说。

"死了呀!快叫医生来啊。"

"……"

"到底给她喝了些什么?会有体质特殊的人受不了啊。"

"客人不用嚷嚷,绝不会给您带来麻烦的……也不会说出您的名字……"

"她死了呀!"

"她不会死的。"

"现在几点了?"

"四点多了。"

女人抱起光裸的黑姑娘,脚步踉跄。

"要帮忙吗?"

"不用,下边有个男帮手……"

"这女孩子很重啊。"

"客人不必过于担心。好好休息吧。不是还有一位姑娘吗?"

"还有一位姑娘"这句话强烈地刺激了江口老人。可不是吗,邻室里还有一位白姑娘。

"怎么可能睡得着!"江口老人的声音里充满愤怒,其中还夹杂着胆怯和恐惧,"我现在就要回去。"

"您别这样,眼下您一个人从这里回去,万一引起怀疑怎么办?"

"我睡不着啊。"

"我再去拿药来。"

楼梯上传来女人向下拖动黑姑娘的声音。老人身穿一件浴衣,开始感到夜寒如冰。女人拿着白色药片上楼来了。

"吃下这片药,就能睡到明天早晨。请好好休息吧。"

"是吗?"老人打开通往邻室的房门,只见刚才被慌慌张张一脚蹬开的被子原样未动,白姑娘躺在那里，赤裸的身子光艳美丽。

"啊！"江口凝望着。

搬运黑姑娘的车子声音渐渐远去，莫非依旧是运往那家神秘的温泉旅馆？那里以前接收过福良老人的遗体。

《睡美人》解读

三岛由纪夫

据我所知,除我之外,还有一个人肯定了这部小说是杰作。他就是爱德华·赛登施蒂克[1]先生。先生和我的文学观尽管有冬夏之别,但每次见面总要提及这篇作品。一旦谈起,一直争论不休的我们,立即开始握手言和。

我打出爱德华·赛登施蒂克先生的旗号,绝非因为部分日本人依旧保留的崇洋媚外情结,在我看来,外国人错误评价日本文学,与日本人错误评价日本文学,程度上没有太大差别。日本人对于自己所持有的种种文学偏见相当麻木,为此,

---

[1] 爱德华·赛登施蒂克(Edward George Seidensticker,1921—2007),美籍日本学者、翻译家,翻译过川端康成、谷崎润一郎、三岛由纪夫等名家的作品。其中,川端康成获诺贝尔文学奖,也与他译介的《雪国》有莫大关联。

白白让眼前作品的芳香飘逸而去，此种情况并非没有。自从《徒然草》以来，流行一种所谓"偏爱半成品"的趣味（实际上，川端先生的某些作品也曾因为这种"半成品趣味"而被给予过高评价），这样就容易忽略表现形式上的完成美。

《睡美人》保持着表现形式的完成美，散发着烂熟水果的芳香，堪称颓废派文学的杰作。这篇作品洋溢着真正的颓废，远远为冒充成颓废主义的大正文学所莫及。我至今没有忘记初读时的强烈印象。一般小说在写作方法上，通常运用会话和动作对人物性格分别进行动态性描写；这篇作品本质上却通过极其困难、极富讽刺的手法，对六位姑娘分别加以描写。因为六个人都处于昏睡状态，不能对话，除了各种习惯性睡姿和梦呓，只留下肉体描写的余地。其执拗绵密的"恋尸癖"般的肉体描写，或许，可以说是语言观念性的淫荡的极致。但是，整个作品之所以显得过于窒闷，是因为性幻想里时常交织着厌恶；对生命的褒贬中时常交织着对生命的否定。小说中，闭塞状态的官能作为所谓的"人智的局限"而推进。绝没有人将"性"作为自由与解放的象征。而且，此种不可救药的世界，因一位"睡美人"的猝死而引来的旅馆女主人一句可怖的话语——"还有一位姑娘"而完结。

但是，认真地说，这个世界并没有就此关闭，暗示江口老人自身的死亡的，是那更广阔、更富于社会性、更无法逃离的"死亡之舞"，通向那里的道路已然打开。这部作品通过对高度闭塞状态的严酷的反复描写，终于将读者拉向非道德的虚无。我迄今未曾读过如此反人性的作品。

开篇不久，作为旅馆主人的中年妇女"用左手"打开房间门锁，腰带太鼓结上诡异的鸟状花纹很大，给人一种阴森可厌的感觉。接下来，就是对沉睡中姑娘的指尖详加描写，于是，我们已经被这种"丝毫不知道自己存在"的性对象所赐予的安心感所俘获。我们可以发现，江口老人和姑娘的交流是男人性欲观念性的极致体现。虽然眼前就是欲望的对象，但这个欲望的对象，仿佛有意尽量回避与这边正面对应，江口始终从实存与观念相契之处寻求陶醉。因而，睡眠正是理想的状态。由于对方丝毫不知晓自己的存在，性欲止于纯粹的性欲，可以防止以相互感应为前提的"爱"的浸润。罗马教廷最厌恶的邪恶就在于此，因为这是距离"爱"最遥远的性欲形态。

然而，旅馆主人却断言：

"这座房子里没有恶。"

当睡美人世界由于无力感而从恶中被隔离出来，川端先生所考虑的"恶"究竟是什么？该问题的答案随即便朦胧浮现出来，那就是因为过于热爱对方而泯灭对方的"恶"，即一切人的行为的别名。有些和川端先生相同程度的厌世家，却沉迷于与川端先生相反方向的世界。这里仅举出《卡门》的作者梅里美一个就足够了。

一只手臂

"这只手臂可以借您一晚上啊。"姑娘说。

接着,她把右臂从肩上卸下来,用左手拿住,放在我的膝上。

"谢谢。"我望着膝头,感受着姑娘右臂传来的温热。

"哦,我给它戴上戒指,用以标记它是我的臂膀,"姑娘微笑着,左手伸到我胸前,"帮我一下吧……"

姑娘只剩左臂,很难自己脱掉戒指。

"这不是订婚戒指吗?"我问。

"不是,是母亲的遗物。"

这是一枚镶嵌着一排小粒钻石的白金戒指。

"被人以为是订婚戒指也没关系,我一直就那么戴着呢,"姑娘说,"一旦附在指头上,摘掉它就像离开母亲一样难受。"

我从姑娘的手指上摘下戒指,然后把膝上姑娘的手臂竖起来,一边将戒指套在手臂的无名指上,一边问道:

"这个指头,可以吧?"

"嗯,"姑娘点点头,"是的。胳膊肘和指关节不能弯曲,就这么直直地杵着,不管您如何擎着,还是像假肢,太没意思。我让它灵活些吧。"她说着就从我手上接过自己的右臂,轻轻吻了一下胳膊肘,再一一吻过指关节。

"这回都能活动啦。"

"难为你啦,"我接过姑娘的那只手臂,"这手臂能言语吗?能跟我对话吗?"

"手臂只能干手臂分内的事。要是它能说话了,等您还给我,我还不得被吓死?不过,您可以试试……对它好点,它也许还是能听您说话的。"

"我会好好对它的。"

"去吧,"姑娘像为了转移注意力似的,用左手手指触了一下我手中自己的右臂,"今天一晚上,你就属于这位先生啦。"

然后,姑娘望着我,眼睛里噙满泪水。

"您把它带回之后,把它同您的手臂对换一下……"姑娘说,"不妨试试看。"

"好的,谢谢你啦。"

我将姑娘的右臂藏在雨衣里,走在夜雾迷蒙的大街上。假如乘电车或坐出租车,很有可能会引起怀疑。脱离姑娘身子的手臂如果哭起来,或发出声音,那还了得?

我用右手紧紧握住姑娘手臂那浑圆的接头,抵在左胸前,用雨衣盖住。我还时时不忘用左手摸摸雨衣,看姑娘的手臂还在不在。其实这动作也不是为了确认,而是在确认我的喜悦。

姑娘从我喜欢的地方,卸掉自己的臂膀送给我。不只臂肘的接头,肩膀的一端也柔软又浑圆,那是西洋美丽的蜂腰姑娘具有的浑圆,是微光闪耀的球体般清纯优雅的浑圆。在日本姑娘身上很罕见。但这个姑娘却能独有。姑娘失去纯洁之后不久，这种浑圆的可爱就将变得迟钝、松弛。对于美丽的姑娘的人生来说，这种优雅的浑圆是十分短暂的。这种短暂的浑圆却也为这个姑娘所有。从浑圆肩头的可爱中，能够感受到姑娘整个身子的可爱。浑圆的胸应该也不会很大，一旦被收入掌中，便会有一种羞涩地吸附上来的坚韧与优柔吧。看着姑娘的圆活肩膀时，我也看到了姑娘的步履。那是细腰小鸟般轻柔的碎步，是蝴蝶在花丛中款款飞舞般的碎步。这种细微的旋律，也存在于接吻的舌尖。

正是穿无袖女装的季节，姑娘的香肩刚刚露出。那是尚不习惯直接接触空气的肤色，是春天掩蔽的细润，也是尚未在酷夏伤及下变得粗糙的蓓蕾般的光艳。那天早晨，我在花店买了一株带蓓蕾的广玉兰，插进玻璃瓶。姑娘圆润的肩头，就像那广玉兰银白而硕大的骨朵。姑娘的无袖上衣，领口开得较大，使得连接臂膀的肩根大半都显露出来。衣料是灰黑接近浓青的绢子，闪耀着柔和的光泽。拥有浑圆肩头的姑娘，脊背丰满。近乎溜肩的浑圆轮廓，描摹着背部丰腴和缓的波纹。从背后稍稍斜望过来，连接圆活的肩头和颀长秀颈的肌肉，被因头发高高梳起而袒露的发际鲜明地分切开来，黑发似乎在浑圆的肩头印上了光影。

姑娘似乎觉察到了我的喜爱，所以特意把和浑圆肩膀相连的右臂卸下来借给了我。

雨衣内被我小心翼翼握着的姑娘的手臂，比我自己的手更冰冷。我的心跳因兴奋而剧烈起来，手也热乎乎的。但愿我的这份温热不会转移到姑娘的手臂上。我希望这只臂膀能留住姑娘寂静的体温。掌心的微凉，依旧传达着情爱。我手中仿佛就是未被人抚摸过的姑娘的乳房。

夜雾催雨，变得更浓了。我没有戴帽子，头发湿漉漉的。大门紧锁的药后内传来广播的声音，据说眼下有三架客机因为浓雾不能降落，已经在机场上空盘旋了半个钟头。广播继续提醒每个家庭注意，这样的夜晚因为湿气重，钟表显示的时间可能不准确,此外,若发条上足劲,还会因受潮而断裂。我抬头仰望天空,尝试找寻盘旋的飞机的灯光,却什么也看不见。团团湿气流入耳朵,带来仿佛众多蚯蚓远远爬行而来的阴湿声响。

广播还会向听众发出什么警告呢?我伫立在药店门口倾听。据说,动物园的狮子、虎、豹等猛兽,正因湿气而愤恨狂吼。广播播出了那些动物的吼声,听起来好似山摇地动。接着,广播还说,这样的夜晚,请孕妇和厌世家等尽早上床安静睡觉;还说,这样的夜晚,女人搽香水,香味会直接渗入皮肤,再也去不掉。

播出猛兽的吼声时,我已从药店前离开。直到关于香水的提醒之前,广播声都追我而来。猛兽们愤怒的吼叫也威胁着我,我担心此种恐怖会传向姑娘的臂膀,就离开了药店。我思忖着,姑娘尽管既不是孕妇,也不是厌世家,但她已经借给我一只手臂,只剩下一只手臂了,今夜还是像广播提醒的那样,安安静静躺在被窝里为好。我巴望着姑娘那只剩一只手臂的本体能静静安眠。

横穿马路时,我用左手隔着雨衣摁住姑娘的手臂。汽车喇叭响了,我感到右胁有动静,随即扭过身子。或许因为受到了汽车喇叭的惊吓,姑娘那只手臂的手指收紧了。

"不用担心啊!"我说,"汽车离我们还很远,只因看不清方向,所以一个劲儿鸣笛。"

我怀揣宝物,必须仔细看清楚道路前方,才能横穿过去。我虽然不觉得那喇叭是因我鸣叫的,但眺望车来的方向,没有一个人影。看不见那辆车的车身,只能看到车灯。那灯光朦胧而宽广地蔓延开来,又泛出薄紫色。这种颜色难得一见,我便站在路口,看着车子逛过。开车的是一个身穿红衣的年轻女子,那女子似乎一边向我看来,一边俯首驾车而过。蓦然间,我感觉她是来索回右臂的,就打算转身逃走。但转念一想,只有一只左臂是无法开车的。不过,那位女车主是不是看出我正揣着姑娘的一只手臂呢?同为女子,她一定能感应出那是姑娘的手臂。我必须注意,回到自己房间前不能遇见任何女人。女人车尾灯的灯光也是薄紫色，我仍无法看见车身，只能目送飘浮在雾霭中的朦胧薄紫渐去渐远。

"那女子无目的地只为开车而开车，会不会走着走着，就消失了呢……"我自言自语，"坐在车后座上的是什么呢？"

那里似乎什么也没有。正因为什么也没有，我才感到害怕。是由于我揣着姑娘的臂膀吗？那个女子的汽车里也乘着湿漉漉的夜雾啊。而且，女子的某种东西使车灯照射到的雾霭变成薄紫色了。倘若发出紫色光亮的不是女子的身子，那又是什么呢？一个年轻女子在这样的夜晚，独自驱车奔驰，在我眼里恍若一种虚幻，这也是我藏匿着姑娘手臂的缘故吗？女子在车里跟姑娘的手臂打招呼了吧？在这样的夜晚，或许会有一个天使或精灵，随处巡视女人的安全。或许那个年轻女子不是坐在车上，而是乘在紫光之中。那不是一种虚幻，她早已看透了我的秘密。

不过，其后我回到公寓前，路上再没遇到一个人。我伫立良久，窥视门内的动静。头顶有萤火明灭闪烁，当我发现那光作为萤火过于强烈，照亮的范围过于广阔，便立即后退四五步。又有流萤似的两三点火光飞逝而去，在被浓雾吸纳之前及时消失了。莫非是人魂或鬼火，在我前方萦绕，等待我的回归吗？然而，我很快发现，那是一群小飞蛾。飞蛾的翅膀映着门前的电灯光，发出萤火般的光亮。虽然比萤火所照范围更宽广，但飞蛾甚小，恰似萤火交相飞舞。

我避开自动电梯，悄悄登上狭窄的步梯到达三楼。右手一直插在雨衣内，只能用左手打开上锁的房门，我不是左撇子，因此很不习惯。越是着急，手指越是颤抖，简直就像犯罪一般胆战心惊，不是吗？

房间里似乎有什么东西。我平时独居一室，孤独不就是一种东西吗？可今晚我和姑娘的臂膀一同回来了，我终于不再孤独。但这样一来，笼罩着房间的孤独将要威胁我了。

"先进去吧，"我好不容易打开门，从雨衣里捧出姑娘的臂膀，"欢迎你啊，这就是我的房间，我来开灯。"

"您很害怕吗?"姑娘的手臂似乎开口说话了,"房内有人吗?"

"哦?你觉得有人吗?"

"好香呢。"

"有香味?是我的气息吧。黑暗中不正朦胧地立着我高大的身影吗?仔细看看,我的身影或许正等待着我的回归呢。"

"啊,是甜香哪!"

"哦,那是广玉兰花的香气。"我朗声说道。所幸它感觉到的并非我的不洁造成的那种阴湿孤独的气息。我之所以养活广玉兰的花蕾,是为了喜迎美丽可爱的客人。我的眼睛渐渐习惯了黑暗,黑暗之中什么东西放在哪里,我都十分熟悉。

"请让我来开灯吧,"姑娘的臂膀出人意料地发话了,"第一次进入这个房间呢。"

"请吧。谢谢啦。除我之外,你是第一个开这灯的人。"

我捧着姑娘的臂膀,用她的手指抵向房门一

侧的开关。天花板下、桌子上、枕畔、厨房以及洗漱间这五个地方的电灯,同时亮了起来。我房间的灯光竟如此明亮,使得我的眼睛倍觉新鲜。

玻璃瓶内的广玉兰盛开着硕大的花朵,今早还是一朵蓓蕾呢。尽管盛开不久,但桌上已经有散落下来的花蕊。我感到很奇怪,比起白色的花瓣,我更多地凝视着零落的花蕊,一根根拿在手里观看。姑娘的臂膀活动起来,不停在桌上伸缩着手指,挪动过来。姑娘手里积攒了好多花蕊,我接过花蕊,站起身来丢到废纸篓里。

"浓烈的花香渗进了皮肤,快救救我……"姑娘的手臂呼唤着我。

"啊,一路上眼界受限,想必已经疲倦了,好好歇歇吧。"我把姑娘的手臂横放在床上,我也坐到一旁,轻轻抚摸着姑娘的臂膀。

"很漂亮啊,我很高兴。"

姑娘的臂膀所说的"漂亮",指的是床罩吧。水蓝色的底子上印染着三种颜色的花纹,对于孤独的男人来说,太华丽了。

"今夜我会安安稳稳睡在这里面的。"

"是吗?"

"我会靠近您,又让您觉得身边什么也没有的。"

姑娘的手悄悄握住了我的手。我看到姑娘修长的指甲被打磨得很光滑,还染成了淡红色。

姑娘的指甲一接近我那既短且宽又很粗笨的指甲,简直显得不像人的指甲,呈现出非比寻常的美丽形态。在指甲这种东西上,女人也打算超越人类吗?或者想以此探究身为女人的本质?内里波纹闪耀的贝壳、随水光艳漂流的花瓣……虽然我想起了这些寻常的形容,但酷似姑娘指甲颜色和形状的贝壳与花瓣,眼下都没在我心中浮现。姑娘的指甲只能是姑娘的指甲。较之脆薄小巧的贝壳和玲珑剔透的花瓣,这指甲更显得通体明净,比起其他种种,更像是悲剧的泪滴。姑娘日日夜夜、一心一意打磨着女性悲剧的美丽。这一点浸润着我的孤独,我的孤独,零落于姑娘的指甲上,抑或化作了悲剧的泪滴。

我另一只没有被姑娘握在手里的食指,挑起了姑娘的小指,用指肚摩挲那细长的指甲。我看得入迷,食指竟不知不觉触及了藏在姑娘指甲下的小指指尖。姑娘猝然缩回了手指,手臂蜷曲了起来。

"哦,觉得痒痒吧?"我问姑娘的手臂,"会感觉痒痒的啊。"

不小心说出了这句愚蠢的话。这就等于在说,我知道女人留着修长指甲的指尖容易痒痒;或者等于在告知姑娘的臂膀,我对姑娘之外的其他女子也相当熟悉。

除了借给我一个晚上臂膀的姑娘,从前我还认识一个女人,与其说她因年长于我而待人更娴熟,不如说她早已习惯同男人交际。她曾告诉我,被这样的指甲掩藏的指尖是怕痒的,因为持有者已经习惯用细长的指甲而不是指尖触及物体,所以偶被碰触就会发痒。

"唔。"我不由感叹起这个意想不到的发现。那女人还说:

"就算做饭烧菜,或吃东西,偶尔接触到指尖就会觉得不干净,甚至肩头都会跟着发抖。真是这样啊……"

所谓不干净,是指吃的东西会变得不干净吗,还是指尖会变得不干净呢?恐怕女人不论用指尖接触什么,都会因感到不干净而战栗吧?女性纯洁的悲剧的泪水,为细长的指甲所掩护,只在指尖残留一滴。

我很想摸摸那女人的指尖,这样的诱惑是自然的,但我唯独没有这么做。我自身的孤独拒绝了这种诱惑。那女人几乎失掉了这样的特征——身体任何部位被触及都会发痒。

借给我臂膀的姑娘,或许身体的任何部位被触及都会自动发痒。但这样的姑娘,即使触摸她的指尖,我也并不认为是有罪的,只觉得是戏弄。但是,姑娘并非为满足我的恶作剧心理才借给我一只手臂的,不是吗?我不可将此看作喜剧。

"窗户开着呢。"

我注意到了,玻璃窗门虽紧闭着,但窗帘没

有拉上。

"看到了什么?"姑娘的臂膀问道。

"看到的无非是人啊。"

"即使看得到人,您也看不到我。假如您真的看到了什么,那也只能是您自己。"

"自己……?自己是什么?自己在哪里?"

"自己身处远方啊,"姑娘的臂膀犹如在吟唱安慰之歌,"为了找回远方的自己,人们迈步巡游各地。"

"能到达吗?"

"自己身处远方啊。"姑娘的臂膀重复道。

我蓦然感到,这只手臂和作为本体的姑娘相距无限遥远。这只臂膀真能回归遥远的本体之所在吗?我真能携带这只臂膀抵达姑娘所在的远方并物归原主吗?正如姑娘的臂膀因信任我而安心留于此,作为本体的姑娘也已经抱着我的信任安然入梦了吧?没有因为失掉右臂而不适,连连做噩梦吧?姑娘和右臂告别的时候,正泪眼盈盈,强忍着泪水吧?如今这只臂膀已经来到我房内,但姑娘还未来过这里。

玻璃窗蒙上了水汽，一派迷离，仿佛蛤蟆鼓胀的肚皮。水雾似乎使雨云静止在了空中，窗外的暗夜正因失去了距离而包裹于无限的距离之中。看不见周围的房顶，也听不到汽车喇叭声。

"关上窗户。"我正要拉上窗帘，发现窗帘也是潮润的。玻璃窗上映着的我看起来比平时的我更年轻。但我拉窗帘的手没有停下，玻璃窗上的我消失了。

有时，我会蓦然想起之前看到的某家旅馆九楼客房的窗户，当时有两个衣裾敞开的红衣小女孩在窗边嬉戏。二人穿着一色，面孔又很相似，或许是孪生姊妹。是西洋人的女儿。两个小女孩握紧拳头敲打玻璃窗，又用肩膀猛撞，互相推来推去。母亲背靠窗台站立，编织毛线。宽敞的窗户只镶嵌了一块大玻璃，要是打碎了，小女孩们就会从九楼坠地摔死。只有我看到了危险，两个小女孩和那位母亲都浑然不觉。关得严严实实的玻璃窗是没有危险的。

拉上窗帘回头一瞧，床上姑娘的臂膀发话了。

"好漂亮。"它说。或许因为窗帘和床罩都是印花布吧。

"是吗？晒得褪色了，已经旧得不能再用啦。"我坐到床上，将姑娘的臂膀担在膝上，"漂亮的是这个呀，实在没有比这更美的啦！"

我的右手紧紧握着姑娘的手心，左手捧起姑娘的肩关节处，慢慢试着使肘部时而屈曲，时而伸展，反复多次。

"您真是个调皮鬼，"姑娘的臂膀亲切地微笑道，"这样摆弄，您觉得很有趣吗？"

"你说我调皮吗？不光是有趣啊。"

姑娘的手臂真的浮现着微笑。那微笑光闪闪的，使得手臂的肌肉也流光溢彩，犹如姑娘青春润泽的面颊绽放的微笑。

可以想见，姑娘的两只手臂撑在桌面，双手手指轻轻交叠在一起，时而抵着下巴颏儿，时而抵着一侧面颊。作为年轻姑娘，这种姿态虽然不算高雅，却是"撑着""叠着""抵着"这些词都不太能准确形容的那种轻松的爱恋状态。自圆润的手臂关节处,经手指、下巴、脸颊、耳朵、细长的脖颈直到发际,浑然一体,和谐一致,宛如共同构成了一首乐曲。姑娘灵巧地用着刀叉,握着刀叉的食指和小指蜷曲着,无意识地时时稍向上抬,将食物送进小嘴,咬断,吞下。这一套流程好像不是人的动作,而是手臂、脸孔和咽喉共同演奏的爱的乐章。姑娘的微笑流动着,映照在臂膀的肌肤上。

姑娘的臂膀好像在微笑,是因为随着我不断屈伸这只臂膀,有微妙的波纹在微微紧绷的筋肉上流动,使得微妙的光与影在白皙柔润的肌肤上闪烁。刚才,我的手指一触及姑娘修长指甲下的指尖,姑娘的手臂就猝然抽动了一下,臂膀上的光倏忽一闪,射向我的眼睛。因此我尝试将姑娘的臂膀弯曲,绝不是在调皮取乐。后来我不再使臂膀弯曲或活动,就看着它在我的膝盖上伸展开来,上面依旧有不断离合的光影。

"如果这样调皮一下还算有趣,那么你还可

以同我的右臂交换一下。我是得到过她的许可的,知道吗?"我说。

"知道。"姑娘的右臂回答。

"这可不是在调皮,我感到害怕。"

"是吗?"

"真的行吗?"

"行啊。"

"……"

姑娘臂膀的声音进入耳朵,令我泛起疑惑。

"你再说一次'行啊',再来一次……"

"行啊,行啊。"

我想起来了。这声音很像一个决心委身于我的姑娘的嗓音。那个姑娘不如借给我手臂的这个姑娘美貌,而且还有点异常。

"行啊。"那个异常的姑娘睁开眼睛瞅着我。我用手蹭了一下她的上眼皮,是想让她闭上眼睛。姑娘的嗓音颤抖着,对我说道:

"耶稣流泪了!犹太人说:'啊,他是多么爱她啊!'[1]"

"……"

这里的"她"乃为"他"之误,是指已经死去的拉撒路[2]。姑娘是女人,此处将"他"称为"她",是记忆错误还是有意为之呢?

我被她这些不分场合、唐突又奇怪的发言惊呆了。于是,我屏住呼吸,瞧着姑娘紧闭的双眼,看她是否在流泪。

姑娘睁开眼睛,挺起胸脯。我伸手按下了她的胸脯。

"好疼,"姑娘把手放到头后面,"好疼啊!"

雪白的枕头蹭上了一块小小的血迹。我分开姑娘的头发搜索着,发现有鼓起的小血泡渗出血滴。于是我把嘴巴凑了过去。

---

[1] 《圣经·约翰福音》第11章35节、36节:"耶稣哭了。犹太人就说,你看他爱这人是何等恳切。"此处的"这人"指身为男性的拉撒路,所以是"他"。

[2] 《圣经·约翰福音》中记载的人物,病危时未等到耶稣的救治而去世,但耶稣一口断定他将复活。四天后,拉撒路果然从山洞里走出。

"好啦，血马上出来了，稍等会儿就好。"姑娘将发卡全部拔了下来，看样子是发卡刺伤了头皮。

姑娘的肩膀似乎想要颤动，但她强忍住了。

虽然明知姑娘想委身于我，但我仍然很难接受。这姑娘对委身是如何想的呢？为何希望委身他人，乃至主动寻求委身呢？当我知道所有女人的身子都可以如此交给别人之后，便更难以接受了。即使到了现在这个年纪，我还是十分不理解。而且，女人的身子以及其委身他人的样子，要说各自不同就是各自不同，要说一律相似就是一律相似，要说完全相同就是完全相同。这难道不奇怪吗？我的这种动辄感到奇怪的心理，或许是较之年龄更加幼稚的憧憬，抑或更是一种较之年龄更加老迈的失望。这不就是心灵的残破吗？

这个姑娘的痛苦，并非所有委身于他人的女子都具有的痛苦。即便对姑娘本人来说，那痛苦也仅在那一时刻存在。

银链断裂，金盘粉碎。

"行啊。"姑娘的臂膀说。

这声音虽然令我想起那个异常的姑娘,但臂膀和姑娘的声音,真的相似吗?难道不是因为内容是同一句话才相似吗?其实,尽管二者说的是同一句话,因为离开了本体,这只手臂便有别于作为主体的那个姑娘,更加自由了,不是吗?因为是在这般情况下的委身,这只手臂就没有什么自制、责任和悔恨,可以为所欲为了,不是吗?可我想,正如那句"行啊",假若姑娘的右臂与我的右臂交换,作为本体的姑娘可能会受到异样的痛苦折磨。

我继续凝视膝盖上姑娘的手臂。胳膊肘内侧泛着微薄的光影,似乎可以吸进肚里。我将姑娘的腕子稍加弯曲,留住光影,抬高一些,凑过去用嘴唇吮吸。

"好痒啊!真调皮。"姑娘的手臂说。它似乎为了躲开我的嘴巴而抱住了我的脖子。

"痛饮芳醇……"我说。

"您饮了什么了?"

"……"

"到底饮了什么了呀?"

"光的醇香,或是肌肤芬芳。"

外面的雾霭似乎更浓了,甚至花瓶内广玉兰的叶子都被濡湿了。广播正在播报什么警告?我从床上起来,打算向桌上的小型收音机走去,但又打消了这个念头。姑娘抱紧我的脖子,听广播也成了多余。但凭想象,广播似乎正在播报如下诸事:

    恶浊的湿气浸透了树枝,小鸟的翅膀和双足也变得潮湿了,小鸟们滑落下来,不能飞翔,希望通过公园的车辆加倍小心,切莫碾压着鸟儿。倘若刮起暖风,雾气的颜色就会改变,变了颜色的雾气是有害的,要是变成桃红色或绛紫色,请尽量不要外出,关紧门窗。

"雾气的颜色会改变?桃红和绛紫?"我暗自

嘀咕着，抓住窗帘，向外窥视。浓重的水雾似乎奔涌而来。起风了，夜气或明或暗地流动着。浓厚的雾气距此似乎有着无限的距离，远方，某种骇人之物正上下翻腾着。

我想起刚才携带姑娘的右臂归来的路上，红衣女子的汽车从雾霭中穿过时，车前车后浮泛着薄紫光芒。是紫色。迷离雾霭中，车灯犹如一双闪着薄紫光芒的大眼睛向我逼近。

我连忙放下窗帘。

"想睡吗？我们也一起睡吧。"

看样子，此时的世界，没有一人不在睡觉。在这样的夜晚还未睡眠是很可怕的。

我从脖颈上卸下姑娘的臂膀，放在桌上，换上新睡衣。睡衣是浴衣，姑娘的手臂看着我换装，我被它看得有点不好意思。我从未在自己房间里当着女人的面换睡衣。

我搂着姑娘的手臂上床了，面对它躺着，轻轻握住它的纤指，贴在胸窝里。姑娘的手臂一动不动。

似乎听到下小雨的响声。雾气没有转为小雨，而仿佛转为水珠，静静沉落，发出微音。

我知道姑娘的手臂就在毛毯内，手指又握在我的手心，会渐渐变热的，但尚未达到我的体温，这使我感到无比安谧。

"睡着了吗？"

"没有。"姑娘的手臂答道。

"看你纹丝不动，还以为睡着了呢。"

我敞开浴衣，把姑娘的手臂贴近心窝，胸间渗进不同的温度。表面酷热而根底寒冷的夜晚，姑娘臂膀肌肤的触感令我身心欢愉。

房内的电灯依旧全都亮着，上床时忘记关灯了。

"对啦，没有关灯呢……"我折身起来时，姑娘的手臂在我胸间滑落。

"哦，"我抬起手臂，"帮我关上灯好吗？"接着，我一边向门走去，一边问它，"摸黑睡觉呢，还是点灯睡觉呢？"

"……"

姑娘的手臂没有回答。手臂不会没听到，那为何不回答呢？我不知道姑娘夜间的习惯。心想那个姑娘喜欢点着灯睡觉，还是喜欢在黑暗中睡觉呢？失去右臂的姑娘，今宵大概会开着灯睡觉。我忽然舍不得关灯了，还想再看一看姑娘的手臂。而且，我想在清醒的时候看看先我入睡的姑娘的手臂。

然而，姑娘的手臂却向门一侧的电灯开关伸出手指，做出关灯的姿势。

我摸黑回到床上躺下了。我把姑娘的臂膀置于胸旁，静静等待它进入梦乡。但姑娘的手臂不知是因为不甚满足，还是害怕黑暗，将手心抵在我的胸侧，不一会儿就登上我的胸间来了。它自动弯曲，做出紧抱我胸脯的姿势。

姑娘的手臂跳动着可爱的脉搏。那纤腕正搁在我的心脏上，脉搏与我的心脏一齐跳动。开始手臂的脉搏稍微缓慢些，但不一会儿就同我的心跳完全一致了。我渐渐只能感到自己的心跳，觉不出谁快谁慢了。

手臂的脉搏和心跳同步，或许这短暂的一瞬，正是为了让我与姑娘交换右臂……不，也可能只是姑娘入睡的标记。我曾听女人谈论过，说比起醉心而忘情的狂喜，能安睡于男人身边才是女人的幸福。可惜我没有一个能如姑娘手臂这般安心睡在我身旁的女子。

将脉搏跳动的姑娘的手臂置于胸口，使得我也意识到自己心脏的跳动。一次跳动带动下一次跳动，其间，我感到一种东西迅疾地越过遥远的距离，又回到原处。随着持续不断的跳动，那距离听上去也渐渐遥远起来。不论远至何处，即便无限遥远，前方仍是空无一物。那种东西并非触碰到何物反弹回来，而是由下次的跳动忽然召唤回来的。这种感觉本应很恐怖，但我也不觉得可怕了。我摸索着枕畔的电灯开关。

开灯之前，我悄悄卷起毛毯观察，姑娘的手臂睡着了，浑然不觉。泛白的微光遍照着我赤裸的胸脯。那里浮现出苍茫的白光，正是胸中的小太阳升起前散发的温暖之光。

我打开电灯,一从胸口拿下姑娘的手臂,就两手抓住手臂的肩关节和手指,使之笔直地伸展开来。亮光微弱的灯泡在姑娘手臂浑圆的接头处和光影之间荡起了柔和的波浪。手臂浑圆的接头处下方是纤细的,越过丰隆的上臂,再次变细,经过光洁浑圆的胳膊肘,以及肘部内侧的小凹陷,再到圆活柔细的素腕、手心、手背和手指……我一边转动姑娘的手臂,一边凝视那明暗闪烁、光影离合。

"这只手臂还是给我吧。"我只是嘀咕了一声,自己也没在意。

于是,迷迷糊糊中,我也从肩头卸下自己的右臂,换上了姑娘的右臂,却浑然不自知。

"啊!"

低声的喊叫不知是来自姑娘的臂膀还是我自己,我只觉肩头猛然抽动了一下,然后才发觉,我的右臂已经交换过了。

姑娘的一只手臂,如今是我的一只手臂,正震颤着向空中乱抓。我将那手臂弯曲过来,靠近嘴巴，问道：

"疼吗？痛苦吗？"

"不疼，不疼，不苦，不苦。"那只手臂断断续续地快速说着。战栗的闪电流贯我的全身，我用嘴含着那只手臂上的手指。

"……"

我该如何表达我的喜悦呢？姑娘的手指只是触了一下我的舌头，我就说不出话来了。

"行啦。"姑娘的手臂回答。不用说，手臂的震颤也停止了。

"本来就说好的嘛，不过……"

我猛然发觉，我的嘴里可以感知到自己衔着姑娘的手指。但姑娘右臂的手指，亦即现在我右臂的手指，却感受不到我的嘴唇和牙齿。我连忙试着挥动右臂，也感觉不到挥动的动作。肩端，即手臂的接合处，有阻挡，有亢拒。

"血液不流通啊，"我随口说道，"血液到底流通还是不流通呢？"

恐怖袭击了我，我坐在床上。我的一只手臂

掉落在一旁，闯入我的眼帘。我那脱离下来的臂膀是丑恶的，可为何这只手臂的脉搏没有停止？姑娘的臂膀有温热的脉搏，而我的右臂看上去却冰冷僵硬。我用接在肩头的姑娘的右臂握住自己的右臂。握是握住了，但没有握的感觉。

"有脉搏吗？"我问姑娘的右臂，"不觉得冷吗？"

"有点……比我稍微……"姑娘的手臂回答，"因为我是热的嘛。"

姑娘的手臂用的是第一人称"我"，如今接在我的右肩，变成我的右臂了，它却首次以"我"自称。"我"字的声波震响了我的鼓膜。

"脉搏没有消失吧？"我又问道。

"好烦人哪，还不相信……？"

"相信什么？"

"您自己的手臂不是同我调换过来了吗？"

"可是血脉通了没有呢？"

"'女人啊，你在找谁呀？'这句话，您知道吗？"

"知道。'女人啊，你为何哭泣？你在找谁呀？'[1]"

"我夜间做梦，醒来时经常念叨这句话。"

眼下自称"我"的，自然是接在我右肩上的宝贝素臂的本体无疑。我渐渐以为，《圣经》里的这句话是永恒传承、代代言说下来的。

"您没梦魇过吗？睡梦中过于痛苦……"我提及手臂的本体，"外头的雾霭就像为了让魔群在其中徘徊才浮现的，可纵使是恶魔身在其中，身子也会受潮，也会咳嗽的。"

"为了听不见恶魔的咳嗽……"姑娘的右臂握住了我的右臂，用它遮住了我的右耳。

姑娘的右臂，也就是眼下我的右臂，使之运动的却不是我，而像是姑娘的手臂本身。其实，它遮挡得并不十分严实。

"脉搏，脉搏的声音……"

我听到了自己右臂的脉动。姑娘的手臂握着

---

[1] 《圣经·约翰福音》第 20 章第 15 节："耶稣问她说，妇人，为什么哭？你找谁呢？"

我的右臂，把它送到了我耳边，我的腕子被压在耳朵上了。我的右臂也有体温。正如姑娘之前说的，比我的耳朵和姑娘的手指稍稍冰冷些。

"我这就为您驱魔……"姑娘玩闹似的将细长的小指指甲伸进我的耳内轻轻抓挠。我转头躲闪，用左手，倒真是我的左手，摁住我的右臂，实际是姑娘的右臂。接着，我转脸一看，看到了姑娘的小指。

姑娘的手臂用四根指头握住了从我肩头卸下的右臂，只有小指正空闲着。那根小指滑向手背，指甲轻轻触及我的右臂。那是只有年轻姑娘的纤纤玉指才能做到的，并且是以我这种手指粗硬的男人难以置信的姿态。整根小指从根部开始，第一个指关节，再到下一个指关节，都朝手心方向弯成直角，小指独自构成一个四边形，四边形旁边就是无名指。

这个四边形的窗口，就位于我眼睛窥伺的位置。说是窗口，其实很小，也可以说成窥探孔或眼镜。不知为何，我就把它当作窗口了。我又闭起一只眼睛,近看那好像正发出淡淡白光的"小指窗"的边缘,或者说小指构成的眼镜边缘,就像窗内的紫堇花在向窗外眺望。

"窥探装置……?"姑娘的臂膀说,"您看到了什么?"

"我那陈旧昏暗的房间,光亮微弱的电灯……"没等说完,我几乎喊叫起来,"啊,我不信,看到啦!"

"看到什么啦?"

"又看不到了。"

"您看到什么啦?"

"颜色。薄紫的光,茫茫一片……薄紫的光中,有许多谷粒大小的红黄色小圆环,骨碌碌滚动而来。"

"您太累啦。"

姑娘的右臂把我的右臂放在床上,用指肚轻柔地滑过我的眼皮。

"红色和金黄色的小圆环,是不是有的似乎又变成了巨大的齿轮在旋转……齿轮中间好像有什么在转动,又好像有什么时而出现,时而消失?你看见了吗?"

齿轮与齿轮中间之物看得是否清楚,我全然不知。瞬间的幻影,无法留于记忆。那幻影是什么?我想不起来了,于是问道:

"你想给我看什么幻影?"

"不,我是来扑灭幻影的。"

"你是说过去的幻影吧,憧憬与哀伤的……"

姑娘的手指和掌心滑过我的脸庞,停在我的眼睑上方。

"头发很长了吧?一旦散开,会不会披到肩头和手臂上来呢?"这个不合时宜的问题,我不由得脱口而出。

"是的,是会披到肩上来的,"姑娘的手臂回答道,"洗澡洗头发时用热水,或许是我的习惯,最后还要用冷水将头发仔细漂洗干净,漂到头发变冷。冰凉的头发披散在肩头、手臂,触着乳房,痒抓抓的,好舒服呢。"

不用说,它指的是手臂本体的乳房。那姑娘

看上去不曾让他人接触过自己的乳房,自然也不会提起冰凉而湿漉漉的头发触及乳房的感觉。但姑娘的手臂离开身子,就不象作为本体的姑娘那般谨慎,同时也摆脱了羞涩的心理吧。

姑娘的右臂如今变成我的右臂,我悄悄将那可爱而浑圆的接头握在左手心。我想象着,姑娘尚未变大变圆的胸脯似乎就在我的掌心。圆活的肩头变为圆活、温软的胸脯。

接着,姑娘的手轻轻放在了我的眼睛上。那手心和指头亲密地吸附在我的眼睑上,渗透到内里,眼睑内部似乎也变得温热而湿润。而那种温热与湿润,甚至在眼球内也渗透扩散开了。

"血脉通啦,"我沉静地说,"血脉通啦。"

我没有像发现自己的右臂和姑娘的右臂已经互换时那般惊讶地叫喊。我的肩膀以及姑娘的臂膀更没有痉挛和战栗。到底是从何时起,我的血液流淌在姑娘的手臂中,而姑娘的血液流淌在了我身上呢?又是在何时,手臂连接处的阻断与抗拒消失了呢?如今,女人清纯的血液流淌在我的体内,正如眼前所见。可一旦我这个男人污浊的血进入姑娘的手臂,在这只手臂复归姑娘肩头时,会不会发生出人意料的事呢?要是不能像过去那样接在姑娘的肩头,又将如何呢?

"不会那样的。"我嘀咕道。

"没事的。"姑娘的手臂低声说。

然而,我的肩膀与姑娘的手臂之间,并没有明显的血流往来之感。感受到我那握住右肩的左手手心,以及成为我右肩的圆润的姑娘肩膀之后,我明白了一切。不知不觉间,我和姑娘的手臂都明白了一切。一切都藏于令人沉醉、绵软的甜梦之中。

我睡着了。

聚拢的雾霭泛着淡紫色,我漂浮于缓缓流动的雾的巨浪之中。在这广阔的烟雾中,唯有我身体的浮动之处,闪现着薄绿的细浪。我那阴湿、孤独的房间消失了。我自己的左手好像正轻轻搁在姑娘的右臂上。姑娘的手指似乎掐着广玉兰的花蕊,我虽然看不见,但闻到了香气。花蕊扔在废纸篓里,它是何时,又是怎样拾起来的呢?仅能维持一日鲜活的白色花瓣尚未凋零,为何花蕊先落了呢?红衣女郎的车子,远远地描画着以我为中心的圆环,迅速地滑行着,似乎在守卫我和姑娘的手臂睡眠的安全。

这样的睡眠虽然很浅,却是前所未有的温暖而甜蜜。总因睡不好而辗转床榻的我,从未同今天一样,睡得像幼小的孩子般香甜。

姑娘纤细的长长指甲,惹人怜爱地搔着我左手的手心。在那微微的触感中,我的睡眠深沉起来。我不存在了。

"啊!"

我在自己的惊叫中折身而起,跳下地,犹如从床上跌落,向前踉跄了三四步。

猛然睁开眼来,一种可怕的东西触到了我的腹胁。那是我的右臂。

我稳住摇晃不定的脚跟,瞧着掉落在床上的我的右臂。我的呼吸停止了,血液上涌,全身战栗。我的右臂进入我的眼里只在一瞬间。下一个瞬间,便是从肩头摘下姑娘的手臂，换上我自己的右臂，这犹如魔性发作后杀人的恐怖行为。

我跪在床前，胸脯趴在床上，用刚刚接上的自己的右臂，抚摸狂乱跳动的心脏。随着心跳的平复，悲哀便从我内心深处喷涌而出。

"姑娘的手臂……？"我抬起眼来。

姑娘的手臂被扔到了床边。被踢翻的毛毯里，那只手臂掌心向上，展开的手指纹丝不动，在薄暗的影里泛着灰白。

"啊！"

我连忙拾起姑娘的手臂，紧紧抱在胸前。我抱着姑娘的手臂，仿佛抱着生命渐渐冷却的爱子。我把姑娘的手指衔在嘴里。姑娘伸展着的指甲内里和指尖之间，倘若流下女人的泪滴……

论川端先生的《一只手臂》

三岛由纪夫

说实话,提起这篇作品,我应该惭愧地检讨,因为它第一次发表时,在"姑娘的手悄悄握住了我的手。我看到姑娘修长的指甲被打磨得很光滑,还染成了淡红色"这里结束了,因为后面没有标明"待续"字样,我以为这部小说写完了,早早断定其为"具有完美结尾的珠玉之作"。然而,后来的连载让我深感惊讶(此种不知何时结束的写作方法,也是作者惯用的手法),改变自己这种先入为主的看法,也变得困难起来。

如今,再重新通读一遍,我确实感到,第一部分写把借来的女人手臂带回家,使得此种寓意停留在美丽的层面,也可以给人一种明确的现实主义之感。然而,通读反而能让人从基本构思完整的展开过程中，感到噩梦般充满触感的黏着力。这就不单是留下了所谓"美丽的寓意"，而是描绘了作者精神上无法回避的轨迹。这不是构思问题，而是一种强迫观念。

一说到局部和整体，就觉得自己已经陷入这篇作品的陷阱中不能自拔。为什么呢？因为色情在任何场合都不要求整体，色情因手臂而由整体变成局部，也就是说，较之整体，局部更能一步步准确地描绘出色情本身。而一味认定第一回就是完整全篇的我，抑或在不知不觉间已经被女人的手臂紧抓不放了。

闲话休提，《一只手臂》不同于《睡美人》，这是一部具有明确对话、交流和感应的小说。但是，这种形式只有对象是手臂时才可获得成功。这里也有作者做出的所谓小说结构上的"逆说"[1]安排。乍看是超现实的幻想，实际上是必然性的官能产物。读者"但愿如此"的愿望，绝不是借

---

1 即相反的论述。

助思想形态，而是借助肉体形态产生的。女人的手臂就是希求女人自身象征性的具体表现，甚至是先生居住的那个绝对孤独的世界形态的直接展现。

"又是在何时，手臂连接处的阻断与抗拒消失了呢？"

自己的右臂和姑娘的右臂交换后感到血流畅通时，"我"流露出了上述的感想。所谓"阻断与抗拒"，其实在"手臂交换"的游戏上演前，即在"我"的手臂还在"我"身上时就开始了。这是一种常态，否则"我"单靠与人的日常接触和性接触就能满足。"我"借来了女人的臂膀，开始和它交流，并且用它换下了自己的臂膀，或许仅凭这一点，"我"就成为一个得以成就"关系"的人了。《一只手臂》用众多优美的细节阐述了这种"关系"，因此，它也是一部描述对这种"关系"的憧憬之情的物语。

译后记

《湖》这部小说是继战后名作《千羽鹤》《山音》之后,在《一个人的生存》之前而写成的,初连载于1954年《新潮》杂志,翌年由新潮社出版单行本。

对于这部作品的评价,作家中村真一郎说道:"《山音》是自《雪国》以来川端文学的正统发展成果,而《千羽鹤》则始终闪耀着《山音》完成之际颓废派的凄美、飘摇的阴影。紧接其后的《湖》,已经露出颓废的底部,接下来的《一个人的生存》,已经全是以文明批评为主题了,为川端文学此前所未有。"

中村认为,川端1931年在写完《水晶幻想》之后,经历了一个转变的过程,亦即作家的抒情性获得更加自由的发展，愈加趋于传统，成为一名传统文化的代表作家。

在荒漠的战后时代里，《山音》向读者诉说着日本自古以来平静的生存方式，它告诉我们一个亘古不变的自然法则，其中摇曳着独特而不安的影子。这种影子通过作家细微的笔触转化为美的形象，变成一种老年人生的救赎。

《山音》表达了这样一个"铁的现实"：

现代社会，为人们带来便利，也带来痛苦，老年人尤甚。

阅读《山音》将使我们获得片刻的冷静，一时的思索。

然而，三岛由纪夫并不看好《湖》，他曾在1955年4月16日的《朝日新闻》上，对川端的新作《湖》做过如下论述：

系在美少女腰间的萤火虫笼闪烁明灭，映照着湖对岸夜间火场的火光……对于美的官能的关心和对于"恶"的关心，在桃井银平这个奇怪的男人心中，慌忙携起手来，使他变得神出鬼没。这种充满妄念的人眼里的世界，是排除现实障碍的妖艳的故事世界，任何一种可能都将会存在。

三岛由纪夫向中村真一郎极力宣扬阅读《湖》而带来的不快，反而激起中村的好奇，使他抱着空前的热情开始阅读《湖》。读着读着，竟然使他一唱三叹，赞不绝口。中村认为，在战后小说中，《湖》是一部相当成功的作品，应该给予足够重视。中村感谢三岛从反面将他引入对于《湖》的冷淡而颇具讽刺意味的阅读。他觉得同一位杰出的鉴赏家站在完全对立的立场上讨论文学，是一件愉快而有益的事情。

在我的印象中，三岛不曾批评过他的师友川端，三岛所谓"阅读带来的不快"，或许正是作品所揭露的战后阴郁的社会诸相吧。

面对两位文学家的精辟论评，作为译者，我

当认真思考、理解,并从这一角度阅读川端文学。目下,对于川端的论说已经铺天盖地,毁誉褒贬尽皆有之。我不想多说。然而,我一如既往爱读川端文学和三岛文学,深入求之,冀有所得。

继"三岛文学系列"又完成"川端文学系列",稍作歇晌之际,面对这两大文学高峰,我依旧言语无多。

忽然记起陶弘景的诗:

> 山中何所有,岭上多白云。
> 只可自怡悦,不堪持赠君。

我的心情正是如此。

陈德文
2021 年秋于春日井
2022 年秋改订

人的一天很奇妙,

不知道会发生些什么。

一页 folio

始于一页，抵达世界
Humanities · History · Literature · Arts

出品人　范新
品牌总监　恰恰
特约编辑　王子豪　徐露　徐子淇
营销总监　张延
营销编辑　狄洋意　闵婕　许芸茹
新媒体　赵雪雨
版权总监　吴攀君
印制总监　刘玲玲

Folio (Beijing) Culture & Media Co., Ltd.
Dld#, 16 C, Jinayuan Art Center,
Chaoyang, Beijing, China 100124

一页 folio
微信公众号

官方微博：@一页 folio ｜ 官方豆瓣：一页 ｜ 媒体联络：zy@foliobook.com.cn